SERIA DE AUTOR

ERIC-EM

SCH

Serie coordonată de

DENISA COMĂNESCU

ERIC-EMMANUEL
SCHMITT

Concert în memoria unui înger

Traducere din franceză de
SIMONA BRÎNZARU

HUMANITAS
fiction

Redactor: Raluca Popescu
Coperta: Angela Rotaru
Tehnoredactor: Manuela Măxineanu
Corector: Cristina Jelescu
DTP: Emilia Ionaşcu, Carmen Petrescu

Tipărit la Proeditură şi Tipografie

ISBN 978-973-689-960-7
Descrierea CIP este disponibilă
la Biblioteca Naţională a României.

EDITURA HUMANITAS FICTION
Piaţa Presei Libere 1, 013701 Bucureşti, România
tel. 021/408 83 50, fax 021/408 83 51
www. humanitas. ro

Comenzi online: www. libhumanitas. ro
Comenzi prin e-mail: vanzari@libhumanitas. ro
Comenzi telefonice: 0372 743 382, 0723 684 194

Criminala

— Păzea, vine criminala!

Ceata de copii a încremenit brusc, asemenea degetelor unei mâini care se strâng şi se fac pumn. Au alergat şi s-au ascuns în capătul jgheabului, sub o bancă de piatră – un ungher reavăn, umbros, de unde puteau să vadă fără să fie văzuţi; acolo, pentru ca spaima lor să fie şi mai mare, puştii îşi ţineau respiraţia.

Marie Maurestier mergea pe stradă sub soarele amiezii. Era o femeie de vreo şaptezeci de ani, înaltă, înceată, ridată, curată, greoaie şi arţăgoasă. Băţoasă în taiorul negru care se întindea pe burtă, înainta cu pas măsurat fie pentru că se temea de căldură, fie pentru că articulaţiile umflate o sileau să calce cu grijă. Păşea legănându-se cu o demnitate stângace care intimida.

Copiii şuşoteau:

— Crezi că ne-a văzut?

— Hai să ţipăm ca să o speriem!

— Nu fi prost! Nu se teme de nimeni şi de nimic. Mai degrabă ţie ar trebui să-ţi fie frică.

— Nu mi-e frică.

— Faci ceva şi nu-i place, şi eşti mort. Ca ăilalţi.

— N-auzi că nu mi-e frică?

— Şi totuşi soţii ei au fost mult mai puternici şi mai tari decât tine.

— Pff! Tot nu mi-e frică...

Au aşteptat-o să se îndepărteze, fără să îndrăznească să scoată o vorbă.

Cu douăzeci de ani în urmă, după două procese, justiţia o achitase şi o eliberase pe Marie Maurestier din închisoarea unde stătuse în arest preventiv. În Saint-Sorlin, mai toţi sătenii o considerau nevinovată, cu excepţia copiilor care preferau să întâlnească o criminală pentru a-şi face viaţa mai palpitantă şi mai minunată. Motivul pentru care adulţii o considerau fără vină nu era raţional: sătenii refuzau ideea de a trăi în preajma unei asasine în libertate, de a-i da bună ziua, de a împărţi cu o criminală străzile, magazinele, biserica; pentru liniştea lor era nevoie ca ea să fie cinstită, cum erau ei.

Nimeni nu o iubea cu adevărat în sat deoarece cucoana mândră, rezervată, cu replici şfichiuitoare, nu stârnea nici simpatie, nici tandreţe, dar fiecare profita de notorietatea pe care o crease în zonă. „Criminala din Saint-Sorlin“, „Diabolica din Bugey“, „Messalina din Saint-Sorlin-en-Bougey“ erau titlurile provocatoare care ţinuseră o vreme prima pagină a ziarelor sau care deschiseseră programele de ştiri ale radioului şi ale televiziunilor. Atâta zgomot atrăsese curioşii, chiar dacă interesul acesta era considerat nesănătos; numele de Saint-Sorlin era pe toate buzele iar această faimă neaşteptată îi incita pe automobiliști ca, părăsind autostrada, să vină să bea ceva într-o cafenea, să ciugulească o gustare, să cumpere pâine de la brutărie, să răsfoiască ziarele în speranța că o vor zări pe Marie Maurestier. Toți acești gură-cască se mirau că un sat atât de frumos și de liniștit, plin de jgheaburi de piatră în care apa venea direct de la izvor, ale cărui ziduri se acopereau, în zilele însorite, cu mii de trandafiri și flori de măceș, ghemuit de-a lungul unui braț al Ronului în care fojgăiau păstrăvi și știuci, poate adăposti un suflet atât de negru. Ce publicitate paradoxală! Chiar dacă sătucul de o mie de locuitori ar fi avut un comitet de inițiativă, tot nu ar fi putut inventa ceva mai bun ca să se promoveze; de altfel, încântat de tot afluxul de turiști, într-o bună zi, nu îi declarase primarul lui Marie Maurestier că era „fanul ei numărul unu"? Inutil să precizăm că entuziasmul îi fusese pedepsit de cucoană printr-o privire înghețată susținută de o tăcere ostilă.

Ținându-și coșul de răchită pe braț, Marie Maurestier a trecut prin fața hanului fără să arunce o privire înăuntru, fiindcă știa că îndărătul ferestrelor cu ochiuri verzui clienții își lipeau nasul de geamuri ca să se uite la ea.

— E criminala!

— Ce mândră se ține...

— E plină de sine ca o oală de noapte!

— Au scos-o basma curată...

— Nu ești scos basma curată decât dacă basmaua a fost murdară, dragule! Patronul restaurantului, pe care am încercat adineauri să îl trag de limbă, mi-a spus că nu iese fum fără foc...

Sătenii o considerau nevinovată, dar lăsau să planeze o umbră de îndoială fiindcă nici nu se punea problema să-i descurajeze pe turişti, privându-i de această atracţie. Fără să fie rugaţi, le indicau discret drumul pe care îl folosea Marie Maurestier, cum îşi petrece timpul, ce obiceiuri are, casa ei din vârful dealului... Iar când erau întrebaţi dacă o considerau nevinovată, răspundeau prudent: „Cine ştie?“

De altfel, nu erau singurii care cultivau misterul: emisiunile de televiziune reconstituiau cu regularitate destinul lui Marie Maurestier, subliniindu-i ambiguităţile şi zonele de umbră; chiar dacă fuseseră obligaţi să prezinte decizia justiţiei – altminteri avocatul ei i-ar fi constrâns să plătească amenzi grele –, ziariştii sugerau că „achitarea“ se întemeia mai mult pe „lipsa dovezilor concrete“ decât pe demonstrarea nevinovăţiei.

Zece metri mai departe, în faţa firmei tapiţerului, Marie Maurestier s-a oprit să vadă dacă cel mai crâncen duşman al ei se găsea acolo. Desigur! Raymond Poussin, cu spatele la vitrină, în faţa unui cuplu care îi ceruse să le repare un fotoliu, perora de zor cu eşantioanele de ţesături în mână.

„Cretinul acesta este la fel de unsuros ca lâna cu care umple spătarele scaunelor şi la fel de urât ca materialele pe care le foloseşte“, îşi zise ea fixându-l cu o privire aspră, fără să audă ce vorbeşte, însă transmiţându-i toată ura.

— Coana-mare Maurestier, doamnă, domnule? Este cea mai mare criminală nepedepsită care există în Franţa. De trei ori s-a măritat cu bărbaţi mai bogaţi şi mai în vârstă decât ea. Şi toţi trei au murit la câţiva ani după însurătoare. Ghinion, nu-i aşa? Păi da, de ce să-şi schimbe obiceiurile bune? În cazul celui de al treilea, Georges Jardin – un prieten de-al meu –, bănuielile celor cinci copii au declanşat o anchetă: tatăl lor era bine sănătos, or, imediat ce s-a însurat cu sinistra a început să se simtă rău, s-a întins la pat şi, cu două săptămâni înainte să dea ortul, i-a dezmoştenit în favoarea unei străine. Era prea mult! Poliţiştii au deshumat cadavrele primilor soţi, iar experţii au descoperit urme dubioase de arsenic. Au băgat-o la închisoare aşteptând derularea procesului, dar era prea târziu şi pentru morţi, şi pentru arsenic. Şi ce-a făcut văduva veselă cu banii? I-a cheltuit cu un amant, unul Ruddy sau Johnny sau Eddy sau cam aşa ceva, un nume d-ăsta americănesc. Ei, dar individul măcar era tânăr – nu nişte epave ca cei dinaintea lui –, băiat frumos, un surfer de Biarritz care i-a păpat averea pe ţoale, maşini, cazinou. Un gigolo, tipul, un tâmpit, mai prost ca o cizmă. În fine, n-o să-i purtăm pică, măcar a luat ceea ce furase ea de la ceilalţi. O să-mi spuneţi că există dreptate? Ei bine, nu! L-a omorât şi pe playboy! Nu pentru bani, ci fiindcă o părăsise. Nu a mai fost văzut niciodată.

Coana-mare Maurestier se jură că a șters-o peste graniță. Dacă mă-ntrebați pe mine, vă spun că leșul lui zace pe fundul mării cu un bolovan de gât. O singură persoană cunoștea crimele ei. Blanche. Soră-sa, o fată drăguță, cam săracă cu duhul, de care sora ei mai mare, Marie, avea grijă de când se știa. O scârboșenie ca ea, totuși, poate avea și un sentiment sincer; există și flori care cresc pe bălegar. Da, numai că și soră-sa a murit! În plin proces. Bine, aici nu o mai putem nicicum învinovăți pe coana-mare Maurestier fiindcă era în arest când soră-sa a crăpat într-un accident de avion care a pulverizat într-o secundă o sută treizeci și doi de călători. Alibi perfect... Ce baftă chioară, până la urmă! Fiindcă, din momentul în care soră-sa, cam dusă cu mintea, care se contrazicea în timpul interogatoriilor, când martor al acuzării, când martor al apărării, s-a prăpădit, coana-mare Maurestier și avocatul ei au început să se liniștească, să câștige teren, să povestească lucrurile într-un fel care o scotea nevinovată.

Din stradă, Marie Maurestier a înțeles, după roșeața tot mai intensă și după gesturile dezordonate ale lui Raymond Poussin, că acesta vorbea despre ea. Clienții, prinși de poveste, nu observaseră că femeia despre care li se vorbea se afla în fața lor și în spatele acestui procuror care își expectora imprecațiile.

— În fond, coana-mare Maurestier a exploatat moartea surorii sale! Plângând de-i sărea cămașa de pe ea, repeta că, de fapt, era o întâmplare mai mult decât fericită că soră-sa mai mică murise în oribila catastrofă aeriană, altminteri ar fi fost acuzată că a omorât-o ea. Se credea că îi ucidea pe cei pe care îi iubea: soţii, sora; o bănuiau că este vinovată de moartea lui Rudy, Johnny, Eddy ăla – cu nume de rocker –, pretinsul ei amant, în timp ce acesta se expatriase ca să scape de datorii sau de afacerile dubioase care îi stăteau pe cap. Se instrumenta acuzarea, o doreau vinovată cu orice preţ. Avocatul ei a urmat calea asta şi asta s-a făcut, contra cost. Analizele au arătat că în cimitirele din regiune era folosit un erbicid pe bază de arsenic şi că, astfel, orice cadavru exhumat după câţiva ani putea fi considerat otrăvit, mai ales dacă plouase mult. Ea şi avocatul ei au câştigat procesul. Atenţie, doamnă, domnule, aţi auzit bine, ea şi avocatul ei. Nu justiţia, nu adevărul.

În clipa aceea, meşteşugarul a simţit o durere ascuţită în ceafă şi şi-a dus instinctiv mâna, temându-se de înţepătura unei insecte, apoi s-a întors spre vitrină.

Marie Maurestier îl ţintuia cu privirea. Bătrânului i s-a tăiat respiraţia.

S-au privit câteva secunde: ea severă, el înspăimântat. Raymond Poussin încerca mereu emoţii puternice în apropierea acestei femei; odinioară credea că este vorba de iubire, aşa că îi făcea curte; astăzi ştia că este ură.

După câteva clipe interminabile, Marie Maurestier a hotărât să pună capăt schimbului de priviri ridicând din umeri. Şi-a văzut de drum ca şi când nu s-ar fi întâmplat nimic.

Dreaptă, rigidă, a trecut prin dreptul cafenelei, unde apariția ei a curmat discuțiile, după care a intrat în măcelărie.

Şi aici s-a făcut linişte. S-a aşezat modestă la coadă, în spatele celorlalți clienți, iar patronul, părând că se supune unui acord tacit, a lăsat baltă ceea ce făcea în acel moment ca să se ocupe de ea.

Nimeni nu a protestat. Nu numai că oamenii recunoşteau acest statut aparte al lui Marie Maurestier, dar cădeau pe gânduri de îndată ce se aflau în prezența ei. Neîndrăznind să pălăvrăgească de față cu ea, nici măcar să i se adreseze – într-atât legenda depăşea persoana –, aşteptau să se îndepărteze cât mai repede.

De ce nu o uitau? De ce, găsită nevinovată, devenise un mit? De ce zece, douăzeci de ani mai târziu reveneau asupra cazului său?

Fiindcă Marie Maurestier poseda această ambiguitate din care sunt alcătuite starurile: fizicul ei nu era pe măsura comportamentului. În viața de zi cu zi, o infirmieră care se mărită cu bogații ei pacienți mai în vârstă este mai degrabă o fată drăguță, seducătoare, numai rotunjimi, care îşi pune formele în valoare îmbrăcând haine sexy. Or, Marie Maurestier, chiar tânără fiind, nu avusese niciodată un aer tânăr, ci un trup flasc, de parcă ar fi fost deja la menopauză; iapa asta cu figură severă, cu o față împietrită, se deghiza purtând cămăşi pe gât, ochelari cu rame largi, încălțăminte mai degrabă rezistentă decât glamour. Cea pe care ziariştii rubricilor mondene o descriau ca pe o devoratoare de bărbaţi avea înfăţişarea unei femei lipsite de dorinţă şi de sexualitate. Ce legătură să stabileşti între acest facies virtuos şi multiplele mariaje sau pasiunea pentru Ruddy, amantul pletos, fumător de marijuana, sportiv care îşi purta cămaşa descheiată pe pieptul bronzat? Altă contradicţie: pentru oamenii obişnuiţi, o criminală care ucide prin otrăvire, mai ales una recidivistă, are trăsături ascuţite, tăioase, care trădează în ea viciul, răzbunarea, răutatea; or, Marie Maurestier părea mai degrabă o învăţătoare scrupuloasă, ba chiar foarte pioasă, îşi afişa credinţa – o profesoară de catehism. Pe scurt, indiferent ce se povestea despre ea, aspectul contrazicea mereu cele spuse: nu se potrivea nici iubirilor, nici crimelor sale.

— Nu văd de ce să trec înaintea acestor doamne şi a acestor domni, a şoptit cu modestie Marie Maurestier, năduşită de parcă era prima oară când i se oferea acest privilegiu.

— Doamnă, în prăvălia mea procedez aşa cum cred cu de cuviinţă, a răspuns calm măcelarul. Aceşti domni şi aceste doamne sunt de acord, nu-i aşa?

Clienţii au dat din cap.

— Atunci o bucată de ficat de viţel pentru mine şi nişte plămân pentru pisica mea.

Fără să vrea, clienţii au ascultat comanda ca pe reţeta unei eventuale otrăvi. Marie Maurestier avea oare un fizic inofensiv? De îndată ce o vedeai, începeai să te îndoieşti... Uneori, ochii ei cenuşii străluceau cu o duritate insuportabilă. În timpul procesului, dacă privirea ar fi ucis, cu siguranţă procurorul, avocatul şi martorii acuzării ar fi fost morţi! Intervenţiile sale se dovediseră tăioase, peremptorii: pe unii îi tratase drept imbecili, cretini, narcisişti, apoi le desfiinţase mărturiile; în aceste cazuri se dovedea cu atât mai extraordinară cu cât mergea direct la ţintă. Pe urmă era greu să-i reabilitezi pe cei pe care îi sfâşiase, pe locurile arse nu mai creştea nimic. Inteligenţa acestei femei care nu părea inteligentă o făcea diabolică. Tulbura indiferent de atitudinea pe care o avea. Vinovată? Faţa ei severă nu era suficient de rea. Nevinovată? Chipul ei era lipsit de blândeţe. Una care se vinde moşnegilor bogaţi? Nu, ar fi trebuit ca trupul ei să fie seducător, dorit sau – cel puţin – admirat. Să-i fi iubit sincer pe acei bătrâni? Nu zăreai nici urmă de iubire în ea.

Cucoana a luat cele două pachete pe care i le-a întins măcelarul.

— Mulţumesc, Marius.

Măcelarul a tresărit. Soţia lui, în spatele casei de marcat, şi-a reţinut un sughiţ. În gura lui Marie Maurestier folosirea numelui de botez devenea compromiţătoare. Cu excepţia celor din familie şi a prietenilor, nimeni din sat nu i se adresa domnului Isidore folosind numele de botez, căci nu era genul care să accepte asemenea familiarităţi. Năuc, a încasat lovitura în timp ce soția lui, cu dinții strânși, îi dădea restul lui Marie fără să-și permită vreun comentariu: soții aveau să se lămurească mai târziu.

Marie Maurestier a ieșit din măcelărie urând o zi bună tuturor. I s-a răspuns printr-un murmur grăbit și confuz.

Pe trotuar s-a întâlnit cu Yvette și cu bebelușul ei. Fără să o salute pe mamă, s-a aplecat asupra copilașului.

— Bună ziua, puișor, cum te cheamă? a întrebat cu glas dulce.

La patru luni, evident că bebelușul nu putea să răspundă. Yvette a vorbit în locul lui.

— Marcello.

Marie i-a zâmbit bebelușului de parcă îi răspunsese chiar el.

— Marcello? Ce drăguț... Mult mai elegant decât Marcel.

— Și eu cred la fel, a încuviințat Yvette cu satisfacție.

— Câți frățiori și câte surioare mai ai?

— Două surori și trei frați.

— Atunci, tu ești al șaselea. E bine, e o cifră bună.

— A, da? a întrebat Yvette mirată.

Fără să țină seama de întrebarea lui Yvette, Marie a continuat conversația cu bebelușul.

— Și de ce tocmai Marcello? Tatăl tău este italian?

Mama s-a înroșit. Tot satul știa că Yvette, culcându-se cu cine apuca, ignora identitatea tatălui acestui copil ca și pe cea a precedenților.

Întorcându-se spre Yvette, Marie i-a zâmbit larg şi a intrat în La Galette Dorée[1]. Oamenii aflaţi în brutărie urmăriseră scena şi simţiseră jena lui Yvette.

Marie Maurestier tocmai fusese drăguţă, sau rea? Cine ştie? Când Marie Maurestier emitea o judecată, nu era considerată sinceră, părea că se preface. Orice exprima, prin gesturi sau prin cuvinte, dovedea autocontrolul: stăpânindu-şi până şi cea mai fină mişcare a genelor, modulându-şi glasul cu virtuozitate, părea că îşi construieşte înduioşarea, mânia, hohotul, tulburarea. Era o actriţă fascinantă fiindcă se observa că joacă. În ceea ce o privea, arta nu se ascundea pentru a da impresia de firesc, dimpotrivă, arta îşi afirma caracterul artificial. Chiar teatrală fiind, Marie Maurestier nu se pierdea niciodată din vedere şi rămânea conştientă de sine. Unii vedeau în acest lucru dovada făţărniciei sale, alţii expresia demnităţii sale.

— O jumătate de baghetă, vă rog!

Nimeni, cu excepţia ei, nu mai cumpăra o jumătate de baghetă; iar dacă îndrăznea cineva, tânărul brutar indignat îl trimitea la plimbare pe zgârcit. Dar, în ziua în care încercase să-i explice lui Marie Maurestier că vindea o baghetă sau nu vindea nimic, aceasta îi replicase:

— Foarte bine. Când veţi fi în stare să coaceţi o pâine care nu se întăreşte după trei ore, am să cumpăr

1 Plăcinta aurie. (N. tr.)

una la două zile. Anunțați-mă. Până atunci, dați-mi o jumătate de baghetă.

În timp ce aştepta restul, o turistă nu s-a putut abține să nu o întrebe:

— Doamnă, ați accepta să-mi dați un autograf pe carnetul meu?

Maire s-a încruntat gata să se supere, dar a răspuns răspicat:

— Desigur.

— O, vă mulțumesc, doamnă! Să ştiți că vă admir foarte mult. Am văzut toate emisiunile cu dumneavoastră.

Marie i-a aruncat femeii o privire care însemna „Proastă nenorocită", a mâzgălit în carnet o semnătură şi apoi a plecat.

Cum trăia Marie cu această celebritate neerodată de ani? Chiar dacă lăsa impresia că o duce ca pe o povară, anumite detalii, în schimb, arătau că o şi amuza în acelaşi timp; cetățeană importantă, accepta cu naturalețe să troneze pe locul de onoare la sărbători, nunți şi banchete. Când cei din mass-media doreau să-i pună întrebări sau să o fotografieze, îşi contacta imediat avocatul pentru a negocia un onorariu. Iarna trecută, țintuită la pat de o gripă severă, se bucurase în secret că sătenii, îngrijorați să nu-şi piardă monumentul istoric, au vizitat-o pentru a afla ce mai face. Vara aceasta, într-o după-amiază caniculară, se oprise la o cafenea să bea un sirop de mentă cu apă şi, neavând mărunțiş, s-a scuzat față de vânzătorul de limonadă, mulțumindu-se să-i adreseze un: „La câți bani câștigați de pe urma mea, ați putea să-mi faceți cinste".

Greoaie, puțin adusă de spate de parcă ar fi fost incomodată de propriul trup, a făcut cale întoarsă și a început să urce strada spre casa ei. Cu timpul, suporta mai bine rolul de victimă; de acum înainte știa foarte bine să afișeze figura cuiva care a suferit o eroare judiciară. Sigur, la început comisese greșeli: de exemplu, după ce fusese eliberată, o revistă de mare tiraj o prezentase în grădină, zâmbitoare, veselă, nepăsătoare, mângâindu-și pisica ori curățând tufele de trandafiri; efectul a fost dezastruos; prin veselia ei șocantă, nu semăna nici cu o văduvă – ceea ce era –, nici cu o femeie zdrobită de timpul petrecut în închisoare – ceea ce încetase să mai fie; de îndată ce a apărut reportajul, a crescut și numărul articolelor pline de ură, ridicând îndoieli, vânând zonele de umbră, încercând să repună pe tapet teza vinovăției. Prin urmare adoptase un comportament smerit, un profil de pasăre mare rănită, și nu-l mai abandonase niciodată.

Urca strada în jurul căreia se construise satul. Pe deal, deasupra acoperișurilor și a platanilor desfrunziți, podgoriile își expuneau dezolanta lor regularitate, descărnate, triste, ca o îngrămădire lemnoasă, în această lună martie în care numai tulpinile întortocheate șerpuiau printre firele de sârmă.

Trecând prin dreptul capelei a tresărit.

Din clădire se auzea melodia unui imn. Ce? Era posibil ca...

Marie s-a grăbit să urce treptele atât de repede cât îi permiteau artroza şi bătăturile, a împins uşa scrâşnindu-i încuietoarea şi, împietrită de scena la care asista, a lăsat acordurile melodiei să o înconjoare, să o atingă, să o mângâie, să o pătrundă asemenea unui parfum ameţitor.

Un preot tânăr cânta la armoniu.

Era de o frumuseţe pură şi indecentă. Singur în nava capelei, cu tenul atât de palid de parcă şi-l pudrase, cu buzele strânse în formă de sărut, strălucea, încadrat într-un nimb auriu care se prelingea, complice, din vitraliu şi îi acoperea umerii. Mai strălucitor decât altarul, mai atrăgător decât Christul de pe cruce, izvor de sunete subtile care urcau în volute până la cupolă, devenise centrul bisericii. Fascinată de mâinile albe care mângâiau clapele, Marie Maurestier îl privea cu emoţia încercată în faţa unei epifanii, până când, venit de afară, pârâitul unui scuter i-a făcut pe amândoi să-şi îndrepte privirile spre intrare.

Sesizând prezenţa unei vizitatoare, preotul s-a oprit din cântat şi s-a ridicat să o salute.

Marie Maurestier mai avea puţin şi leşina. Slab, incredibil de înalt, de o virilitate adolescentină, când a văzut-o, s-a luminat la faţă ca un iubit care îşi întâmpină iubita. Mai lipsea să-şi deschidă braţele şi să o înlănţuie.

— Bună ziua, fiica mea. Sunt foarte bucuros că am fost repartizat aici, la Saint-Sorlin. Tocmai am ieşit din mănăstire şi este prima mea parohie. Nu-i aşa că sunt norocos să vin într-un sat atât de frumos?

Tulburată de tonul catifelat şi grav al vocii lui, Marie a bâiguit că, dimpotrivă, satul trebuia să se bucure.

S-a apropiat vioi.

— Sunt preotul Gabriel.

Marie s-a înfiorat. Un nume de înger care contrasta cu timbrul grav al vocii.

— Cu cine am onoarea? a întrebat, mirat că ea nu se prezenta.

— Marie...

A ezitat să-şi spună numele de familie. Se temea ca numele ei, prezent pe atâtea pagini la rubrica dedicată criminalității, să nu întristeze acest chip, să nu mânjească acest zâmbet de copil. Totuşi a riscat.

— Marie Maurestier.

— Încântat de cunoştință, Marie Maurestier.

Cu răsuflarea tăiată a constatat că nu tresărise – nici stupoare, nici dezaprobare – când a aflat cine este: uluitor! Aşa ceva nu i se mai întâmplase... I se adresa aşa cum era ea, fără să o judece, fără să o închidă într-o cuşcă de fiară ciudată.

— Veniți uneori la biserică, Marie?

— Vin la liturghie în fiecare zi.

— Credința dumneavoastră a cunoscut vreo cumpănă?

— Dumnezeu nu mi-ar suporta capriciile. Dacă nu aş fi la înălțimea aşteptărilor sale, m-ar pune imediat la punct.

Dorise să exprime un gând smerit, dar rostise o frază plină de orgoliu. Să se pună pe același plan cu Dumnezeu! Mai mult, chemată de el!

Părintele Gabriel, după o secundă în care părea că nu înțelege, a știut să primească esențialul mesajului.

— Credința este un har.

— Exact! Și, când credința slăbește, Dumnezeu ne dă șuturi în fund ca să credem din nou.

Era mirată ea însăși de propriul discurs. „Șuturi în fund"! De ce folosise expresia aceasta care nu făcea parte din vocabularul ei? Ce părere avea să își facă despre ea? Țipa ca un soldat în timpul manevrelor, slobodă la gură, impetuoasă. Chiar trebuia să o facă pe bărbătoasa în fața unei ființe atât de blajine? Rușinată, a coborât privirea, gata să-și recunoască vina.

— Ei bine, fiica mea, ne întâlnim la șapte, la liturghie?

A deschis gura rotunjind buzele ca să spună ceva, pe urmă a încuviințat. „M-a iertat! și-a spus ea. Ce om minunat!"

A doua zi a fost prima la biserică pentru liturghia ținută în dimineața rece.

Când părintele Gabriel a ieșit din sacristie, cu stola verde pe alba imaculată, a rămas o clipă uluită: era la fel de vioi și de încântător ca în amintirea ei. Împreună au aranjat scăunelele pentru rugăciune, au dat la o parte scaunele șchioape, au aranjat buchetele, au orânduit cărțile pentru rugăciune, ca și cum pregăteau o petrecere pentru prietenii lor.

Enoriașii din sat sosiseră. Vârsta lor medie era de optzeci de ani, purtau haine negre și aveau părul cărunt, stăteau aproape de intrarea în biserică, reticenți, nu din cauza ostilității față de înlocuitor, ci pentru a da de înțeles prin rezerva lor că îl apreciau foarte mult pe predecesorul lui.

De parcă și-ar fi dat seama, preotul Gabriel le-a ieșit înainte, s-a prezentat, a găsit cuvintele potrivite pentru a onora preotul mort la vârstă centenară, apoi i-a încurajat să ia loc în rândurile de lângă cor.

În timp ce se îndrepta spre altar, Vera Vernet, căreia Marie îi zice în gând numai „capră bătrână", a bombănit pe sub mustață:

— Episcopul își bate joc de noi: e mult prea tânăr. Ne-a trimis un seminarist!

Marie, zâmbitoare, nu i-a răspuns. Avea impresia că asistă pentru prima oară la o liturghie. Prin fervoarea și aplombul care însoțeau fiecare cuvânt și fiecare gest, părintele Gabriel reinventa liturghia creștină. Vibra citind Evanghelia, se ruga cu ochii închiși ca și când propria-i mântuire depindea de acestea. Felul în care oficia liturghia transmitea urgența, nu rutina.

Marie Maurestier i-a privit pe credincioșii din jurul ei: păreau surprinși de ceea ce li se întâmplă; ai fi crezut că stăteau pe locurile dintr-un avion supersonic, și nu pe băncile dintr-o biserică. Totuși se lăsau pătrunși de ardoarea preotului și, încetul cu încetul, și-au făcut o datorie de onoare în a nu se comporta ca nişte catolici căldicei. Se ridicau, se aşezau, îngenuncheau fără să crâcnească, chinuindu-şi încheieturile şubrede; recitau Tatăl Nostru articulând clar fiecare cuvânt şi conferind sens formulelor specifice. După o jumătate de oră nu mai ştiai cine pe cine seducea: preotul pe credincioşi ori credincioşii pe preot – într-atât rivalizau în entuziasm. Până şi capra de Vera Vernet a luat o figură inspirată atunci când a primit ostia.

— Pe mâine, părinte! a şoptit Marie Maurestier în timp ce cobora treptele bisericii.

L-a înfiorat. Ce încântare: să spui „părinte" unui bărbat atât de tânăr când eşti atât de bătrână!

Când a ieşit de liturghie, Marie avea un zâmbet radios pe care avea să-l ascundă între patru pereţi. Fericită de venirea noului preot, simţea o mândrie bizară: victoria lui i se părea propria-i victorie.

Preotului Gabriel nu i-a trebuit multă vreme ca să cucerească încrederea sătenilor. În câteva zile, prezenţa sa pe stradă, la cafenea, la parohie, unde începuse să ţină un curs de alfabetizare pe lângă cel de catehism, a confirmat că păşise cu dreptul: plăcea, convingea. Liturghiile sale au atras rapid credincioşi din alte sate. Saint-Sorlin se felicita că are un asemenea preot. Până şi ateii îl găseau epatant.

Marie asculta rumoarea tot mai intensă ca o mamă care primeşte complimente pentru fiul ei. „În sfârşit, le-a luat ceva timp să înțeleagă ceea ce eu am priceput din prima clipă."

Fără să-și dea seama, prin interacțiunea cu preotul, se schimba. Desigur, programul său, obișnuințele sale – rigide – nu se clinteau, dar apăreau emoții insolite.

La ora șase fix, când se dădea jos din pat, se gândea că Gabriel se trezea odată cu ea. În timp ce se spăla goală în fața oglinzii de deasupra chiuvetei, își imagina că și el, gol, se pregătea pentru apropiata lor întâlnire. Când, gâfâind, trecea pragul bisericii, intra atât în Casa Domnului, cât și în cea a lui Gabriel. Pe vremea fostului preot, biserica din Saint-Sorlin mirosea a Dumnezeu așa cum o măcelărie miroase a cadavru din cauza damfului fad și scârbos al descompunerii; de când Gabriel fusese numit preot, nu simțeai decât parfum de crini, de tămâie, de ceară amestecată cu miere, vitraliile erau curate, podeaua, spălată, fețele de masă de pe altar, călcate, pe scurt, aveai impresia că Dumnezeu și tânărul preot se instalaseră într-un apartament cochet.

În momentul în care Gabriel deschidea ușa sacristiei și spunea „Bună ziua, fiicele mele, sunt bucuros să vă văd", Marie își însușea cuvintele rostite. Supunându-se comenzilor: „În genunchi", „În picioare", „Să cântăm", „Să ne rugăm", se supunea atât liturghiei, cât și omului care le cerea acele lucruri. Cât se schimbaseră lucrurile! Odinioară, din predici, învăța pe dinafară nume, prenume, date, înșirate de-a lungul aleii pe mormintele de marmură dedicate morților de seamă ai satului! Mulțumită lui Gabriel, puterea și sensibilitatea Evangheliei i se revelau nu numai pentru că preotul o povestea într-un fel unic, dar și pentru că îl vedea în rolul lui Isus: frumos, fragil, devorat de iubirea pentru oameni. Deseori se visa Maria-Magdalena și era plină de duioșie pentru Isus-Gabriel, hrănindu-l, spălându-i picioarele, uscându-i-le apoi cu părul ei despletit; povestea sacră căpăta sens pentru că personajele din ea deveneau făpturi în carne și oase.

În schimb îi era greu să vadă venind în fiecare dimineață oameni care de obicei nu dădeau pe la biserică.

Într-o dimineață, pe când se afla doar cu el, a simțit nevoia să-i denunțe:

— Știți, părinte, d-alde Dubreuil, Morin, Desprairie și Isidore nu veneau la slujbă înainte.

— Cu atât mai bine, niciodată nu este prea târziu. Amintiți-vă de parabola muncitorului care sosește în ultima clipă.

— Mă întreb dacă Isus s-o fi gândit la ce le trecea prin minte muncitorilor sosiți la prima oră văzând generozitatea pe care le-o arăta întârziaților.

— Isus știa că cei care sosiseră devreme avuseseră timp să-și dezvolte bunătatea din ei.

Fără să-și dea seama că replica i se adresa ei, invitând-o să fie mai înțelegătoare, a conchis pe un ton acru:

— Mda... Turiștii ăștia vin la liturghie atrași de noutate. „Sita nouă cerne bine“, zicea bunica mea.

— Dacă vin doar din curiozitate, datoria mea este să-i rețin. Sper că voi reuși.

Îl privi: pasionat, bun, ignorând meschinăria. Roșind, și-a regretat pesimismul și a declarat sincer:

— Veți reuși, părinte. Îi veți transforma în credincioși, nu am nici o îndoială.

De fapt, ceea ce dorea era doar să i se acorde un interes aparte; tolera ca preotul să se ocupe de toți, să realizeze convertiri, chiar și miracole, atâta vreme cât i se oferea o atenție specială. Niciodată nu s-ar fi gândit să denumească aceste sentimente complexe printr-un singur termen: gelozie.

De aceea nu a privit cu ochi buni apariția intempestivă a lui Yvette în biserică.

Yvette era o pereche de coapse. Dacă există femei cărora li se remarcă mai întâi ochii, gura sau fața, Yvette oferea privirii în primul rând o pereche de coapse. Degeaba se străduiau oamenii să se concentreze asupra trăsăturilor chipului său atunci când pălăvrăgea, de îndată ce nu mai erau obligați să asculte, îi priveau coapsele. Două coloane de carne, calde, lăptoase, cu o piele atât de mătăsoasă, încât doreai să le atingi, să le verifici cu mâna finețea. Indiferent cu ce se îmbrăca, coapsele ieșeau în evidență; pusă pe Yvette, o rochie scurtă lăsa impresia că fusese croită pentru a lăsa să se vadă coapsele, fustele se desfăceau pentru a-i dezvălui coapsele, pantalonii scurți erau simple obiecte de pus în valoare coapsele, iar pantalonii deveneau niște forme pentru coapsele ei. Marie era atât de convinsă că Yvette se rezuma la o pereche de coapse încât, atunci când aceasta i se adresa, nu-i răspundea femeii grefate deasupra lor.

În plus, trebuie precizat faptul că Yvette era târfa satului. O târfă ocazională. Atunci când nu se ajungea cu banii – adică în fiecare lună –, Yvette, care avea şase copii de hrănit, îşi vindea trupul bărbaţilor. Asta era problema ei: toată lumea credea că este o târfă, mai puţin ea; toată lumea o accepta ca târfă – pentru că este nevoie de una, cum ar fi spus bunica lui Marie –, mai puţin ea. Brusc, de îndată ce pricepea că indivizii se aprind după ea sau că era pipăită de priviri concupiscente, suferea, lua o figură ultragiată, se drapa în orgoliul ei rănit, aborda la butonieră, asemenea unei medalii de martir, ultimul ultraj suportat.

Lui Marie Yvette i se părea ridicolă, dar s-a alarmat să vadă această pereche de coapse dând târcoale preotului.

— Scroafă ordinară!

Marie nu mai suporta să îl vadă pe preot zâmbindu-i lui Yvette cum le zâmbea celorlalţi, să îi strângă mâna, să o primească plin de atenţie.

— Săracul, este atât de nevinovat, încât nu observă manevrele ei. E şi el totuşi bărbat. O să reuşească ea până la urmă...

Căci pentru Marie nu exista nici un dubiu: Yvette voia să-l seducă.

Când, într-o după-amiază, venind să schimbe florile de la altar, a zărit-o pe Yvette năpustindu-se afară din confesional, cu coapsele dezgolite, cu lacrimi în ochi și cu fața îmbujorată a unei femei satisfăcute, s-a gândit la ceea ce era mai rău. Era gata să se arunce asupra ei și s-o plesnească. Din fericire, preotul Gabriel a ieșit la rândul lui, liniștit, proaspăt, pur. Marie a lăsat-o pe tânăra femeie, bulversată, să părăsească biserica trântind ușa apoi s-a concentrat asupra vasului în care se afla buchetul ofilit.

„Preotul tocmai a respins-o și de aceea perechea de coapse este furioasă", a gândit Marie.

Inima a început să îi bată în ritmul normal în timp ce schimba crinii păliți cu cei pe care tocmai îi culesese din grădină.

Preotul s-a apropiat de ea, trist. L-a privit atent. El s-a supărat să fie prins în flagrant delict de tristețe și și-a ferit privirea.

Marie s-a hotărât să profite de această intimitate.

— Yvette este drăguță, nu-i așa?

Surprins, a bombănit ceva ininteligibil.

— Nu? Nu vi se pare drăguță? a insistat Marie.

— Nu îmi privesc astfel credincioasele.

Vocea i se aprinsese. Sinceritatea lui a liniștit-o, deși senzația de indispoziție persista ca o supă care continuă să clocotească și după ce flacăra de sub cratiță a fost micșorată.

— Părinte, îmi închipui că știți cine este Yvette.

— Ce vreți să spuneți?

— Este prostituata satului. Doar v-a spus, nu?

— Nu mi-a ascuns nimic: este o mare păcătoasă. De ce credeți că i-am dedicat atâta timp?

— Greșelile ei vă pasionează?

— Deloc. Dar nu mă aflu aici pentru sufletele chinuite? Paradoxal, trebuie să mă consacru mai mult sufletelor înnegurate decât celor senine.

Această afirmație a tulburat-o pe Marie. Deci asta era? Părintele Gabriel se consacra mai mult viciului decât virtuții? Cum de nu se gândise mai devreme la așa ceva?

— Părinte, mă spovediți și pe mine?

Au intrat în confesionalul din lemn ceruit. Marie nu era despărțită de tânărul preot decât printr-un grilaj atât de subțire încât i se părea că-l atinge.

— Știți, părinte, că am fost acuzată, acum câțiva ani, că am ucis mai mulți oameni?

— Știu, fiica mea.

— Au susținut că mi-am otrăvit cei trei soți și am omorât un al patrulea, considerat a-mi fi amant!

— Da, sunt la curent cu încercările la care ați fost supusă. Știu că dreptatea oamenilor v-a achitat.

— Atunci, înțelegeți de ce nu am nici o considerație pentru dreptatea făcută de oameni.

— Nu pricep...

— Nu mă tem decât de dreptatea lui Dumnezeu.

— Și bine faceți.

— Căci, dacă înaintea oamenilor sunt fără greșeală, înaintea lui Dumnezeu sunt plină de păcate.

— Desigur, ca noi toți.

— Da, dar…

S-a aplecat spre el și a șoptit:

— I-am omorât.

— Pe cine?

— Pe cei trei soți ai mei.

— Dumnezeule mare!

— Și pe Rudy, amantul meu.

— Nefericito!

— Și pe Olga, amanta lui, o rusoaică, a adăugat Marie cu o bucurie răutăcioasă. Aici o să râdeți, dar nu m-a acuzat nimeni niciodată fiindcă nimeni nu a observat dispariția ei. Nu există nimeni care s-o regrete!

— Isuse! Sfântă Marie! Sfinte Iosif! Ajutați-ne nouă grabnic!

Tânărul preot s-a închinat mai mult pentru a alunga demonii decât dintr-o spiritualitate înaltă: era înspăimântat de crimele care îi fuseseră dezvăluite.

Marie Maurestier îi savura cu încântare spaima. A uitat de Yvette! Marie este pe locul întâi!

În acea zi i-a povestit primul asasinat. Ca să nu-l șocheze prea mult și ca să nu-l dezguste, i-a înfățișat această otrăvire ca pe un act de compasiune: bietul ei soț suferea atât de mult, încât a acționat nu ca o ucigașă, ci mai mult ca o infirmieră; ascultând-o, ai fi crezut că nu l-a omorât pe Raul al ei, ci l-a eutanasiat.

Tânărul preot o asculta palid, dezaprobator, oripilat.

A părăsit-o fără să spună o vorbă, mulțumindu-se doar să facă semnul crucii asupra ei.

A doua zi, la liturghia de la ora şapte, Marie a ghicit, după cearcănele vineţii, că dormise puţin sau chiar deloc. După prânz, intrând în confesional, preotul i-a confirmat că nu putuse dormi.

Această mărturisire a încântat-o: pusese stăpânire pe el, se sucise şi se răsucise în aşternut gândindu-se la ea. Cum şi ea, la rândul ei, păţise la fel, se putea spune că petrecuseră noaptea împreună.

În acea după-amiază a revenit asupra crimei, cea care a dus la moartea lui Raul, şi instinctiv, fără să ştie cu adevărat de ce, i-a prezentat-o altfel, sub o lumină mai neagră, mai realistă, accentuând dezgustul pentru bărbatul senil, ura ei faţă de mângâierile pe care o forţa să le suporte. Tot prezentându-se ca o tânără femeie victimă a unei fosile libidinoase, şi-a demascat sentimentele obscure, calculele, pornirile criminale; a descris în detaliu îndelungata otrăvire cu arsenic vreme de nouă luni înainte de a deveni fatală, fără să poată fi reperată, eliberarea ei la deces, comedia cu văduva dezolată de la înmormântare, bucuria de a primi banii, casa, fără să mai fie nevoie să dea socoteală cuiva.

Venea zilnic la biserică pentru a-şi povesti crimele. În fiecare noapte, tânărul preot, obsedat de omoruri, pierdea câteva ore de somn.

Povestindu-le, Marie se bucura că se poate exprima în sfârşit, că îşi poate exhiba amintirile şi, mai ales, că îşi descoperea mobiluri nebănuite. Căci, dacă asasinatele rămâneau aceleaşi, motivele ei de a le comite se schimbau de luni până duminică. Care era cel real? Cel de marți, de miercuri, de vineri sau de sâmbătă? Toate. Se înnebunea după aceste nuanțe; în timp ce ani de zile trebuise să se limiteze la versiunea „nevinovată", explorarea versiunii „vinovată" îi permitea să sesizeze complexitatea comportamentului său, nesfârșitele irizări ale intențiilor sale; Marie era fericită să se descopere atât de bogată, de diversă, de profundă... Îi fusese dăruită o calitate suplimentară: nu numai că exercitase un drept de viață și de moarte asupra oamenilor, dar acum exercita un drept al adevărului asupra actelor sale, răscolind, interpretând, reexaminând, distrugând clișee, ca o romancieră.

Pusese stăpânire pe tânărul preot. Acesta nu mai dormea. Incapabil să se intereseze de altceva, aștepta și, totodată, se temea de întâlnirile din confesional. Se ofilea. Ai fi zis că Marie îl ducea în lumea ei, a vârstei, a oboselii, a urâțeniei sale... Ea firește că nu își dădea seama și continua să îl vadă ca și mai înainte.

Momentul cel mai intens pentru preot și pentru păcătoasă a fost cel în care ea l-a evocat pe Rudy, amantul surfer, singura pasiune senzuală a vieții sale, o pasiune cu atât mai aprinsă, cu cât fusese neașteptată, Marie neapreciind sexul înainte să-l întâlnească. Mirată să se surprindă gândindu-se la un bărbat de dimineață până seara, crezuse că-l iubește pur și simplu până când și-a dat seama că dorea mângâierile lui, trupul lui lipit de trupul ei, părul lui blond, mirosul lui. Rudy avea acel ceva care zgândără, reține, mângâie; știa să creeze în jurul lui o atmosferă senzuală, puternică atunci când era cu ea, exasperantă când pleca. Să-i vorbească preotului Gabriel despre un bărbat pe care îl dorise pătimaş genera o febră confuză, arzătoare, în care trecutul contamina prezentul; a ieşit din confesional devorată de pofta de a-i săruta buzele, de a-i smulge sutana pentru a-i explora trupul. Pasiunea ei pentru preotul Gabriel a sporit.

De când se făcuse primăvară, întâlnirile lor, singuri, în confesional deveniseră sufocante. Şi unul, şi celălalt se despărţeau epuizaţi, vlăguiţi, însă îşi recăpătau puterile pentru a se întâlni din nou.

Dimineaţa, simţea o bucurie dublată de o veselie deşucheată să-l şocheze pe Gabriel, de parcă ar fi fost în pat, iar ea îl dezinhiba, învăţându-l rafinamente senzuale, îndrăzneţe, neaşteptate, interzise. A insistat asupra brutalităţii cu care îşi înecase amantul în cadă: un impuls. Trebuie spus că el băuse atât de mult în seara aceea, încât nu a mai avut nici puterea, nici agilitatea să i se opună; apoi a precizat cum dovedise stăpânire de sine pentru a putea să mascheze crima; ea şi Blanche, sora ei, au înfăşurat cadavrul într-un covor, l-au aruncat într-o maşină furată, au mers şapte sute de kilometri, au făcut rost de o barcă noaptea, în Bretagne; cum au aruncat cadavrul îngreunat de pietre în apele negre; cum s-au întors în zori; cum au curăţat toată maşina pe care au abandonat-o după aceea împreună cu cheile într-o parcare frecventată de indivizi dubioşi pentru ca ei să lase amprente. Toate acestea se întâmplau departe de Saint-Sorlin, la

Biarritz, unde moştenirea celor trei soţi îi permitea să închirieze o casă.

Pentru prima oară în viaţă a dezvăluit episodul cu Olga, amanta constantă a lui Rudy, la care acesta se întorcea în timpul relaţiilor sale amoroase cu femei mature. Olga, neliniştită de absenţa amantului ei, a dat buzna la Marie şi a urlat că o bănuia că l-ar fi omorât pe surfer, că va merge la poliţie. Marie, fără să-şi trădeze nici emoţia, nici teama, îi spusese că Rudy plecase în străinătate şi că-i încredinţase o sumă de bani pentru ea. Mirajul unui câştig a făcut credibilă minciuna şi a oprit-o pe rusoaică să o demaşte. Marie i-a dat întâlnire Olgăi noaptea, pe terasa unui bar unde îşi făcea veacul tineretul din împrejurimi. Acolo i-a întins un plic în care erau câteva bancnote, a strecurat otrava în cocteilul tinerei femei, i-a promis restul de bani a doua zi de dimineaţă şi a lăsat-o în compania petrecăreţilor.

Deşi nici presa, nici autorităţile nu menţionaseră vreodată dispariţia Olgăi, Marie era convinsă că rusoaica murise, fiindcă a doua zi nu venise ca să-şi ceară restul de bani.

Auzind-o vorbind despre crime, şantaj, corupţie, preotul Gabriel era nefericit. Marie îi aprecia tulburarea, avea impresia că-l iniţiază în adevărata viaţă, în lumea reală: violentă, ostilă. Într-o oarecare măsură asta îl făcea mai puţin naiv.

De acum înainte, Yvette putea să plângă singură în colţul ei, preotul Gabriel o respingea de cum se apropia, spunându-i că se va ocupa de ea de îndată ce va avea prilejul. Îi expedia rapid pe ceilalți penitenți. Chiar dacă oficia minunat liturghiile, nu mai era liber, ci obsedat de mărturisirile criminalei, bântuit de asasinatele ei. Marie Maurestier câştigase. Domnea asupra lui şi a satului.

Încântată că el îi ştie secretele, îi plăcea la nebunie să îl vadă că minte pentru ea, ținând piept băbătiilor care, cu vocea lor stridentă, de rațe, se mirau că îi consacră atâtea ore.

— Doar n-o să spuneți că este nevinovată, domnule părinte? Dacă nu, atunci de ce petrece atâtea ore în confesional?

— Este un suflet care a suferit nedreptăți îngrozitoare, cum ar fi de exemplu, acuzațiile pe care dumneavoastră însevă, fiica mea, i le aduceți în acest moment, fără nici o bunătate.

Mai mult decât confident, îi devenea complice. Nu împărtăşeau numai adevărul, împărtăşeau, de asemenea, crima. Nu comiseseră ei o sumedenie?

Această complicitate o încânta.

După cinci săptămâni de confesiuni şi-a dat seama că se povestise pe deplin. A mai adăugat câteva răutăți comise în timpul celor două procese, conştientă că erau ultimele cartuşe şi că, în curând, va rămâne fără muniție.

Se temea ca lucrul acesta să nu însemne sfârşitul supremației sale.

În acea zi de miercuri, preotul şi-a anunțat enoriaşii că va lipsi două zile. Hodoronc, tronc! Fără alte precizări! Dintr-odată! Nici ei nu-i spuse mai mult.

Ce se întâmpla?

Fugea de ea fiindcă nu-i mai satisfăcea curiozitatea șocată? Doar nu putea să-și inventeze crime noi! Era oare nevoie, ca să-l țină lângă ea, să mintă, să se transforme în Șeherezada?

Lungile ore petrecute fără preotul Gabriel i s-au părut de nesuportat. Suferea! Să se dezvăluie în fața lui și să primească în schimb tăcerea și fuga lui... Hotărât lucru: nici el nu era mai breaz decât ceilalți.

Obosită, dezgustată, deprimată, vineri seara la ora șapte a descoperit pe glezne petele unei eczeme. Ca să se pedepsească fiindcă îl așteaptă, și-a pus picioarele pe un taburet și s-a scărpinat până i-a dat sângele. Casa plesnea de plictiseală. În mirosul de mușama care îi impregna locuința, nu reușea să-și fixeze atenția pe nimic, nici pe potcoava ruginită de pe marginea ferestrei, nici pe almanahul poștașului și încă și mai puțin pe pliantele cu anunțuri.

La ora șapte a auzit soneria.

Era el. Bucuria i-a adus ușurare. Plecase, dar s-a întors la ea mai întâi. Și-a ascuns picioarele cu pielea zdrelită, l-a rugat să intre, a vrut să-i ofere ceva de mâncare sau ceva de băut. A refuzat grav și nu a vrut nici să ia loc pe scaun.

— Marie, m-am gândit mult la ceea ce mi-ați spus, la teribilele dezvăluiri al căror depozitar am devenit, unul mut fiindcă nu voi trăda niciodată secretul confesiunii. Am stat departe două zile ca să reflectez. M-am consultat cu episcopul şi cu părintele care mi-a fost profesor la seminar. Am evocat, fără să vă citez, cazul dumneavoastră pentru a şti cum trebuie să procedez. Am luat o hotărâre. O hotărâre care ne priveşte pe amândoi.

Solemn, de parcă ar fi cerut-o în căsătorie, i-a strâns cu putere încheieturile mâinilor. Marie a tresărit.

— V-aţi mărturisit păcatele lui Dumnezeu.

I-a strâns degetele.

— Acum trebuie să vă spuneţi greşelile şi oamenilor.

Marie şi-a retras mâinile şi a făcut un pas înapoi.

Preotul a insistat.

— Da, Marie, trebuie să vă asumaţi crimele. Este mai bine pentru justiţie. Este mai bine pentru familiile victimelor. Este mai bine pentru adevăr.

— Puţin îmi pasă de adevăr!

— Nu. Adevărul contează, de aceea mi l-aţi spus.

— Dumneavoastră! Numai dumneavoastră! Nimănui în afară de dumneavoastră!

Constata îngrozită că el nu înţelesese nimic. Nu era în slujba adevărului, adevărul era în slujba ei. Se folosise de adevăr. Se folosise de adevăr pentru a-l captiva, pentru a-l seduce. Contrar a ceea ce credea, nu i se adresase lui Dumnezeu, ci lui, numai lui.

Preotul Gabriel a clătinat din cap.

— Vreau să vă eliberaţi şi înaintea oamenilor. Mergeţi la judecător şi povestiţi totul.

— Să mărturisesc? Niciodată! Nu am luptat ani de zile pentru asta! Se vede că dumneavoastră nu ați trecut prin două procese... Am câștigat, înțelegeți? Am câștigat!

— Ce ați câștigat, Marie?

— Onoarea mea, reputația mea.

— O falsă onoare... o falsă reputație...

— În acest domeniu doar aparențele contează.

— Cu toate acestea, v-ați sacrificat onoarea și reputația. La mine ați venit cu povara dumneavoastră.

— La dumneavoastră, da. Numai la dumneavoastră.

— Și la Dumnezeu.

— Da...

— Or, Dumnezeu, ca și mine, v-a acceptat așa cum sunteți: vinovată. Iar Dumnezeu, ca și mine, continuă să vă iubească.

— A, da?...

I-a luat mâinile, le-a frământat între ale sale, atât de calde, atât de fine.

— Spuneți adevărul, Marie, spuneți-l lumii întregi. Vă voi ajuta, vă voi susține. De acum înainte acesta este țelul meu. Nu locuiesc în acest sat decât pentru asta, pentru dumneavoastră; sunteți rațiunea mea de a fi, de a mă ruga, de a crede. Marie, sunteți misiunea mea. Voi zgâlțâi, voi trezi adevărata creștină care există în dumneavoastră. Cu flacăra credinței mele voi aprinde credința dumneavoastră. Împreună vom reuși. O veți face pentru mine, pentru dumneavoastră însevă, pentru Dumnezeu.

Marie l-a privit cu alți ochi. Misiunea lui? Auzise bine? Ea era misiunea lui?

Când Marie a surâs, preotul Gabriel a crezut că va câştiga.

Lunile care au urmat au fost cele mai fericite din viața ei. Preotul Gabriel nu o mai părăsea. Se trezea ca să o vadă, deschidea biserica pentru ca ea să intre, mânca în grabă pentru a o revedea cât mai repede, o spovedea în fiecare după-amiază, apoi la casa parohială, la el, ori în salon, la ea, vorbea fără întrerupere, inspirat, strălucitor, pasionat.

Marie se bucura de acest privilegiu cu cinism: îl smulsese celorlalți. Câştigase! Mai câştigase o dată! Degeaba se ostenea el vorbind, zâmbind, făcând gesturi duioase, aducând argumente subtile. Totul era inutil, fiindcă, de fapt, i se supunea ei.

Totuşi, fericirea lui Marie neglija puterea de convingere care exista în preotul Gabriel.

Obstacolul pe care nu-l sesizase era că acesta, prin insistența lui, o conducea către discuții şi dialog. Din iulie, ca să nu rămână mai prejos, Marie i-a răspuns, a cutezat, s-a aventurat în câmpul ideilor. Or, pe acest teren el era mai bine pregătit decât ea. Treptat, fără să îşi dea seama cu adevărat, în timp ce îşi închipuia că rezistă, el o influența, o transforma, îi propunea temeiuri noi de gândire, făcea ca idealuri care îi fuseseră până atunci străine să-i devină familiare.

Deja nu mai vorbea despre Dumnezeu ca mai înainte.

Odinioară, Dumnezeu aparținea panopliei sale de arme; spunea „Dumnezeu" așa cum tragi un foc de pușcă; prin acest Dumnezeu rostit răspicat, obținea liniștea, îl gonea pe intrus, făcea gol în jurul ei. Uneori, dacă trebuia să insiste, să argumenteze, se desfășura citând la grămadă din Evanghelie și din Părinții Bisericii, lansând schijele împotriva adversarilor pentru a-i respinge, pentru a-i răni, chiar pentru a-i ucide: ținutea drept, rapid, eficace. Dumnezeu îi permisese să-și compună reputația de virtuoasă și să îndure șicanele la care fusese constrânsă.

Acum îl vedea pe Dumnezeu nu ca pe un zeu teribil, răzbunător, ci ca pe un izvor de iubire. Când preotul Gabriel spunea „Bunul Dumnezeu" mai degrabă decât „Dumnezeu", șoptea numele Creatorului, dădea impresia că evocă fântâna vieții, cu cea mai bună apă de băut, leacul însuși pentru toate relele. La rândul ei, Marie se iniția într-o teologie nouă, renunțând la fostul șerif în favoarea unui Dumnezeu al iubirii, a unui Isus binevoitor, milostiv, înalt de un metru și nouăzeci și cinci, ca părintele Gabriel și care avea trăsăturile părintelui Gabriel.

Înainte să-l cunoască, se limita la o pietate îngustă, mecanică, liniștitoare din cauza plictiselii. Acum se pasiona pentru conținutul rugăciunilor, al jurămintelor, al predicilor; i se întâmpla chiar să citească, seara, din Sfânta Scriptură.

De fapt, nu își dădea seama că avea un puternic ascendent asupra ei. Dacă punctul de pornire fusese sexual, realitatea devenise spirituală. Marie visa Binele, o emoționau poveștile iertării, se extazia când îi povestea viețile sfinților, mai ales pe cea a Sfintei Rita, această sfântă despre care studiase și despre care întocmise o lucrare la seminar.

„Patroana cauzelor disperate? Prin urmare, este sfânta mea", își spunea Marie înainte să se culce.

Dicutau ore îndelungi, epuizante pentru el, entuziaste pentru ea.

„Ia-mă, fă ce vrei cu mine!" părea să spună Marie cu fiecare frază pe care o rostea.

Pentru prima oară se întâlnea cu fericirea de a fi supusă. Tânărul nu o penetra fizic, dar o domina intelectual; lăsându-se manipulată, cunoștea extazul masochistului care se lasă legat pentru a fi biciuit. Violența sufletului ei își găsise supapa prin care se liniștea. Înainte, această ființă chinuită o făcuse, în toată existența ei, pe dura și pe femeia de fier, dar acum își descoperea adevărata ei natură: cea de sclavă. Abandonându-se, Marie se odihnea de ea însăși. Obsesia controlului lăsa locul abandonului: devenea, cu voluptate și amețeală, un obiect în mâinile și în mintea preotului Gabriel.

Într-o zi, agasat, fiindcă îi măcinase răbdarea, el strigase, roșu de furie:

— Sunteți un diavol, dar voi face din dumneavoastră un înger.

În ziua aceea Marie a simțit un fior în străfundurile sale, dinspre șolduri până în creștet, o formă de orgasm care se repeta noaptea, ori de câte ori își amintea scena. De atunci a lăsat garda jos. Gândea ca el, simțea ca el, respira ca el.

— Dumneavoastră și cu mine suntem posedați de Bine, a declarat el.

Chiar dacă gândea: „Cu tine, voi urma și Binele, și Răul, fiindcă sunt posedată de tine", nu se contrazicea. Încă mai rezista și nu consimțea de fapt. Seara, singură, intra în extaz repetându-și că da, va mărturisi crimele, da, își va sacrifica propriul confort pentru ceea ce este drept. Totuși, dimineața curajul îi slăbea.

— Dacă accept, veți veni să mă vedeți la închisoare?

— În fiecare zi, Marie, în fiecare zi. Dacă voi reuși să vă conving, vom rămâne uniți pentru totdeauna. Nu numai înaintea oamenilor, ci și înaintea lui Dumnezeu.

O căsătorie, într-un fel... Da, nu există nici un dubiu, îi cerea să se mărite cu el.

Tot mai des, se imagina comentând însoțirea lor, *urbi et orbi*, la televiziuni, ziariștilor, polițiștilor, judecătorilor. „Da, el, părintele Gabriel m-a convins să mărturisesc totul. Fără el, aș fi continuat să-mi neg crimele. Fără el aș fi dus adevărul cu mine în mormânt. Părintele Gabriel m-a făcut să cred nu numai în Dumnezeu, ci și în om." În reveriile sale, ea, care nu fusese niciodată vorbăreață, devenea maestra elocinței, inepuizabilă când se referea la metamorfoza pe care i-o datora tânărului preot. Spera că vor fi fotografiați împreună, fie în sala de judecată, fie la vorbitor.

Desigur, din când în când, își dădea seama că situația lor nu ar fi egală: el în libertate, ea la închisoare. Dar ești liber atunci când ești preot? Nu. Disperi atunci când ești vizitat zilnic de cel pe care îl iubești? Nu. Nu impune iubirea să-l privilegiezi pe celălalt?

— Sacrificiul este măsura oricărei iubiri.

Asta afirmase preotul Gabriel într-o predică ținută în amvon. Marie înțelesese că ei i se adresa și se hotărâse să aplice maxima aceasta: ea se va sacrifica! Pentru ca lumea întreagă să afle că Gabriel era un preot desăvârșit, va mărturisi. Pentru ca lumea întreagă să afle puterea tânărului bărbat asupra ei, își va primi pedeapsa. Pentru ca lumea să își amintească de ei ca de un cuplu excepțional, va asuma amintirea dureroasă a păcatelor comise. Copilul pe care nu i-l va putea naște îl va înlocui prin glorie: îi va oferi un succes mediatic, un scandal judiciar și un loc magistral în Istorie; dubla lor performanță va fi evocată multă vreme: ea care înșelase justiția în timpul proceselor, el care își pusese pecetea spirituală pe o păcătoasă teribilă. Fără el, Marie ar fi rămas nepedepsită. O cauză pierdută. Mulțumescu-ți, Sfântă Rita, pentru gândul cel bun! Când istoria moravurilor se alătură istoriei sfinte... Ei, da, nu mai puțin. De altfel, cine știe? Poate că aceste evenimente îl vor conduce pe preotul Gabriel la Roma!

Exaltată, visa la infinit.

După vara bogată şi în zbucium, şi în emoţii, în prag de toamnă s-a trezit şi s-a simţit alta.

În duminica aceea s-a dus la liturghie tăcută, concentrată. Apoi s-a întors acasă şi i-a fost cu neputinţă să înghită ceva. Pisica ei a avut dreptul la friptură.

La ora două s-a dus la casa parohială şi l-a anunţat pe preotul Gabriel că îşi va mărturisi păcatele.

— Vă jur, părinte. Jur înaintea lui Dumnezeu şi a dumneavoastră.

A luat-o în braţe şi a strâns-o la piept. A încercat să plângă pentru a rămâne lângă acest corp cald. Zadarnic, nu a izbutit decât să scoată un sughiţ ascuţit, ridicol.

A felicitat-o, i-a repetat de o mie de ori că e mândru de ea, de credinţa ei, de drumul parcurs, apoi a rugat-o să îngenuncheze lângă el pentru a-i mulţumi lui Dumnezeu.

În timp ce se rugau, lui Marie îi vâjâia capul. Ameţită de decizia ei, era năpădită de emoţie, emoţia de a se găsi atât de aproape de el, umăr lângă umăr, invadată de mirosul pielii lui, al părului lui, ca într-un act intim. S-a gândit că, de acum înainte, la închisoare, el va veni în fiecare zi ca să se roage împreună cu ea, că va fi fericită.

După ce s-a despărţit de el, a urcat pe dealurile de lângă sat. Liniştită, şi-a păstrat ultima seară de libertate pentru a privi Saint-Sorlin de pe culmea acoperită de viţă-de-vie: un apus de soare purpuriu, apoi violet îşi arunca razele îndoliate asupra câmpurilor. Pisicile se urcaseră pe acoperişurile de ţiglă pentru a privi crepusculul; pe cerul întunecat alcătuiau, cu zecile, un decor hieratic de umbre chinezeşti.

Săptămâna aceasta va merge aşadar la Bourg-en-Bresse să-l înfrunte pe judecătorul care îi stabilise dosarul de instrucţie; bărbatul, tânăr şi modern, o ura fiindcă îl împiedicase să obţină promovarea pe care i-o promitea condamnarea unei criminale. Cu siguranţă că după aceasta avea să fie promovat imediat.

Câteva lumini, ici-colo, străpungeau întunericul dezvăluind un acoperiş, o cameră, un colţ de stradă. În spatele ei, sub un balansoar, o căţea labrador îşi lingea căţeii; în jur florile înmiresmau grădina: „Săteni, mâine, mâine vă veţi trezi într-un sat mai celebru, satul lui Marie Maurestier, Diavoliţa devenită Angelica, ucigaşa care păcălise pe toată lumea, dar nu putea să-l înşele pe Dumnezeu. A început ca Messalina şi a sfârşit ca o sfântă". Marie avea impresia că este molipsitoare, că le va face bine şi celorlalţi, că va aduce lumină în jurul ei, lumina primită de la preotul Gabriel. „Doamnelor şi domnilor, am întâlnit un preot miraculos. Nu un om, un înger. Fără el, nu m-aş găsi acum în faţa dumneavoastră." Avea să vorbească lumii întregi despre el, despre relaţia lor. Câte minunăţii o aşteaptă...

A privit stelele, s-a rugat lui Dumnezeu să-i dea curaj şi smerenie, sau, mai degrabă, curajul smereniei. S-a întors acasă când era beznă.

Când a răsucit cheia în broască, vecina a deschis oblonul şi i-a strigat:

— V-a căutat preotul. A venit de două ori.

— A, da? Mulţumesc că mi-aţi spus. Merg la casa parohială.

— Nu cred că îl veţi găsi. Adineauri a venit o maşină după el şi a plecat.

O maşină? Preotul Gabriel nu avea permis de conducere, şi nici maşină.

Marie a mers la casa parohială. În spatele perdelelor trase, interiorul părea pustiu. A bătut la uşă, o dată, de mai multe ori, a insistat. Zadarnic. Nu era nimeni.

S-a întors acasă refuzând să se neliniştească. Nu conta, hotărârea ei era luată, preotul Gabriel se bucura de acest lucru. Fără îndoială că dorise să o mai felicite încă o dată, să-i propună să o însoţească la Bourg-en-Bresse, cine ştie. S-a potolit, convinsă că va primi explicaţia a doua zi.

Într-adevăr, în zori a sunat telefonul. S-a liniştit imediat recunoscând vocea preotului Gabriel.

— Draga mea Marie, s-a întâmplat ceva extraordinar.

— Ce anume, Dumnezeule?

— Am fost numit la Vatican!

— Poftim!

— Sfântul Părinte a citit studiul meu despre Sfânta Rita. I-a plăcut atât de mult, încât mă invită să mă alătur unui grup de cercetare teologică la biblioteca papală.

— Dar...

— Da. Înseamnă că trebuie să vă părăsesc. Pe dumneavoastră şi satul Saint-Sorlin.

— Dar proiectul nostru?

— Nu se schimbă cu nimic. Sunteţi hotărâtă.

— Dar...

— O veţi face, fiindcă aţi promis. Lui Dumnezeu şi mie.

— Nu veţi fi lângă mine! Nu mă veţi vizita în fiecare zi când voi fi la închisoare.

— O veţi face fiindcă aţi promis.

— Lui Dumnezeu şi dumneavoastră, ştiu...

A închis telefonul tulburată, oscilând între extazul pe care îl simţise cu o zi mai înainte şi furie. „La Vatican... Ar fi ajuns la Vatican datorită mie. Ar fi fost felicitat de Sfântul Părinte pentru mărturisirea păcatelor mele. Nu trebuia decât să mai aştepte un pic. Este mai bine, totuşi, să ajungi la Vatican pentru că ai obţinut imposibilul: o criminală care se căieşte decât pentru un studiu despre o sfântă, şi neînsemnată pe deasupra. Ce l-a apucat? Cum poate să mă trateze astfel?"

Două zile mai târziu, Vera Vernet, „capra bătrână", cu trupul răsucit ca cel al viţei-de-vie, a anunţat-o cu vocea ei ascuţită că sosise noul preot.

Marie a mers la biserică.

Acoperit până la gât cu o sutană cenuşie, descusută pe alocuri, preotul mătura scările de la intrare pălăvrăgind cu sătenii din Saint-Sorlin.

De îndată ce l-a văzut – scund, roşu la faţă, cu trăsături grosolane, cincizeci de ani bătuţi pe muchie – Marie Maurestier a ştiut imediat cum avea să-şi petreacă anii ce vor veni: îşi va îngriji grădina, îşi va hrăni pisica, va merge mai rar la liturghie şi va tăcea până la moarte.

Întoarcerea

— Greg...

— Am treabă.

— Greg...

— Lasă-mă, mai am douăzeci de țevi de curățat.

Aplecată peste cea de a doua turbină, spinarea puternică a lui Greg, pe ai cărei mușchi proeminenți tricoul de bumbac stătea să plesnească, refuza să se întoarcă.

— Greg, căpitanul te așteaptă, a insistat matelotul Dexter.

Greg s-a răsucit atât de repede, încât Dexter a tresărit. Șiroind de sudoare de la umeri până la șolduri, colosul se transformase într-un idol păgân: o aură de abur îi înconjura trupul strălucitor de flăcările sălbatice ale cazanelor. Datorită priceperii sale de mecanic, șapte zile din șapte, douăzeci și patru de ore din douăzeci și patru, cargoul *Grandville* înainta fără să-și piardă ritmul, străbătând oceane pentru a transporta marfa dintr-un port în altul.

— Are să-mi reproșeze ceva? a întrebat bărbatul vânjos, încruntând sprâncenele groase de un deget.

— Nu. Te așteaptă.

Deja vinovat, Greg a clătinat din cap.

— Are să-mi reproşeze ceva, a repetat pentru sine ca să-şi confirme acest lucru.

Dexter, mesagerul care ştia de ce fusese Greg convocat la căpitan şi nu îndrăznea să i-o spună, s-a crispat scuturat de un fior de milă.

— Nu bate câmpii, Greg. Ce să-ți reproşeze? Munceşti cât patru.

Dar Greg nu-l asculta. Resemnat, ştergându-şi pe o cârpă unsoarea de pe mâini, accepta să fie muştruluit pentru că, în ceea ce îl privea, mai importantă decât mândria personală era disciplina la bord: dacă superiorul său îi reproşa ceva, avea dreptate.

Greg nu a cerut lămuriri deoarece avea să-l informeze căpitanul. În general, Greg se ferea să gândească. Nu se pricepea şi nici nu considera că este plătit pentru asta. Față de patron, cu care semnase un contract, gânditul i s-ar fi părut o trădare, timp pierdut, energie risipită. Avea patruzeci de ani şi muncea de la paisprezece; trezit dis-de dimineața, străbătea în lung şi în lat nava până seara, curățând, reparând, verificând piesele motoarelor, părea obsedat de nevoia de a face ceva, chinuit de un devotament insațiabil, nu se odihnea decât pentru a reîncepe lucrul.

Şi-a pus cămaşa în carouri, a îmbrăcat o pelerină impermeabilă şi l-a urmat pe Dexter pe punte.

Marea era nesuferită; nici agitată, nici calmă, doar prost dispusă. Valurile scurte împroşcau spumă. Aşa cum se întâmpla deseori în Pacific, universul părea monocrom, într-atât cerul cenuşiu îşi impusese culoarea de beton tuturor elementelor din jur: valuri, nori, grinzi, ţevi, prelate, oameni; până şi Dexter, cu faţa de obicei arămie, avea pielea antracit, asemenea cartonului ud.

Luptând cu vântul şuierător, cei doi bărbaţi au ajuns la timonerie. Acolo, odată închisă uşa, Greg s-a simţit intimidat: departe de huruitul maşinilor şi al oceanului, smuls din mirosul de păcură şi de alge, avea impresia că nu se găseşte pe o navă, ci într-un salon, pe uscat. Câţiva bărbaţi, printre care secundul şi operatorul radio, stăteau ţepeni în jurul şefului.

— Căpitane, a rostit, plecând privirea ca şi când ar fi capitulat.

Căpitanul Monroe a răspuns ceva ininteligibil, apoi şi-a dres glasul.

Greg tăcca aşteptând sentinţa.

Umilinţa lui Greg nu îl ajuta pe Monroe să vorbească. Şi-a consultat din priviri subalternii care nu ar fi vrut să fie în locul lui; când a simţit că va pierde respectul echipajului dacă mai întârzie mult, neţinând seama de încărcătura emoţională care însoţea informaţia pe care trebuia să o comunice a rostit sec, poticnindu-se:

— Greg, am primit un mesaj telegrafic pentru tine. O problemă de familie.

Greg a ridicat privirea mirat.

— De fapt, este vorba de o veste proastă, a continuat căpitanul. O veste foarte proastă. Fiica ta a murit.

Greg a făcut ochii mari. Prima lui reacție era surpriza, nici un alt sentiment nu i se citea pe chip.

Căpitanul a insistat:

— Asta e. Doctor Simbadour, medicul dumneavoastră de familie din Vancouver, ne-a anunțat. Nu ştim mai multe. Ne pare extrem de rău pentru tine Greg. Sincere condoleanțe.

Dar expresia întipărită pe fața lui Greg nu se schimba: aceeaşi surpriză îi îngheța trăsăturile, surpriza pură, fără emoție.

În jurul lui toți păstrau tăcerea.

Greg şi-a întors privirea spre fiecare pentru a i se da un răspuns la întrebarea pe care şi-o punea; cum nu a primit nici unul, a sfârşit prin a articula:

— Fata mea? Care fată?

— Poftim? a tresărit căpitanul.

— Care dintre fetele mele? Am patru fete.

Monroe a roşit. Temându-se că a prezentat greşit mesajul, l-a scos din buzunar şi, tremurând, a urmărit încă o dată ceea ce era scris.

— Mmm… Nu. Nu este precizat nimic altceva. Doar atât: că trebuie să te anunțăm că fiica ta a murit.

— Care? a întrebat Greg, iritat de imprecizie şi începând să înțeleagă ce anume i se transmitea. Kate? Grace? Joan? Betty?

Căpitanul a citit şi a recitit mesajul, sperând într-un miracol, dorind ca printre rânduri să apară imediat un prenume. Plat, eliptic, textul se mărginea doar la această informație.

Neputincios, Monroe i-a întins hârtia lui Greg, care a citit-o la rândul lui.

Mecanicul a clătinat aprobator din cap, a oftat, a împăturit foaia şi i-a întins-o căpitanului.

— Mulţumesc.

Căpitanul era cât pe ce să răspundă „Pentru puţin", dar şi-a dat seama că ar fi fost absurd, aşa că a bălmăjit ceva printre dinţi, a tăcut, a fixat cu privirea orizontul care se vedea la babord.

— Asta e tot? a întrebat Greg ridicând fruntea, cu privirea limpede, ca şi când nu s-ar fi întâmplat nimic. deosebit.

Întrebarea i-a şocat pe marinarii prezenţi în încăpere. Au crezut că nu au auzit bine. Căpitanul, care trebuia să răspundă, nu a ştiut cum să reacţioneze.

Greg a insistat:

— Pot să mă întorc la lucru?

În faţa unei asemenea placidităţi, căpitanul, simţind o înţepătură de revoltă, a încercat să umanizeze scena absurdă:

— Greg, peste trei zile vom fi la Vancouver. Vrei ca în acest răstimp să încercăm să contactăm medicul cu rugămintea de a ne da mai multe informaţii?

— Aţi putea?

— Da. Avem datele lui de contact pentru că a sunat la sediul companiei, vom merge direct la sursă şi...

— Da, ar fi mai bine.

— Mă ocup personal.

— Într-adevăr, a continuat Greg, care vorbea ca un automat, ar fi mai bine să ştiu care dintre fetele mele a…

Aici a făcut o pauză. În momentul în care se pregătea să pronunțe cuvântul, şi-a dat seama ce se întâmplase: unul dintre copiii lui îşi pierduse viața. S-a oprit cu gura căscată, fața i s-a împurpurat, picioarele i s-au înmuiat. S-a sprijinit cu o mână de masa cu hărți ca să nu cadă.

În jurul lui, bărbații erau aproape uşurați să-l vadă în sfârşit suferind. Căpitanul s-a apropiat de el şi l-a bătut pe umăr.

— O să fac tot ce pot, Greg.

Greg a măsurat cu privirea mâna care scârțâia pe materialul umed al pelerinei impermeabile. Căpitanul şi-a întrerupt gestul. Au rămas stânjeniți, nici unul nu îndrăznea să-l privească pe celălalt în ochi: Greg, de teamă să nu-şi exprime durerea, căpitanul, să nu primească în plină figură această suferință.

— Ia-ți o zi liberă dacă vrei.

Greg s-a crispat. Perspectiva de a sta degeaba îl angoasa. Ce altceva să facă decât să muncească? Şocul l-a făcut să rostească:

— Prefer să nu.

Fiecare dintre cei prezenți s-a gândit la supliciul pe care îl va îndura Greg în orele care vor urma. Prizonier pe vas, tăcut, solitar, avea să fie zdrobit de un necaz tot atât de greu precum era încărcătura navei, torturat de o întrebare îngrozitoare: care dintre fetele lui murise?

Întors în sala maşinilor, Greg a început să muncească aşa cum te arunci sub duş când eşti plin de noroi; niciodată ţevile nu au fost curăţate, destupate, lustruite, reajustate cu atâta energie şi atenţie ca în după-amiaza aceea.

Totuşi, în ciuda efortului depus, un gând i strecura în ţeastă. Grace... Chipul celei de a doua fiice i se ivi în minte. Să fi murit Grace? Grace, cea de cincisprezece ani, cu bucuria explozivă de a trăi, cu faţa luminată de zâmbet, Grace, simpatică, amuzantă, energică şi nehotărâtă, nu era oare cea mai vulnerabilă? Veselia ei nu îi dădea o energie nervoasă care îi conferea aparenţa unei sănătăţi, dar care nu o făcea nici mai voinică, nici mai rezistentă? Nu povestise ea, pe când era la grădiniţă, la şcoală, la liceu despre bolile cu care se luptau colegii ei? Grace, cu sufletul ei bun, părea candidata ideală la orice: jocuri, prietenii, bacterii, microbi. Greg îşi imagina că nu va mai avea fericirea de a o vedea mergând, emoţionându-se, aplecând capul, ridicând braţele, râzând în hohote.

Ea era. Nu încăpea nici o îndoială.

De ce îi venise ideea asta? Era o intuiţie? Un mesaj telepatic? S-a oprit o clipă să mai frece ţevile. Nu, de fapt, ştia: se temea. S-a gândit mai întâi la ea fiindcă Grace... era preferata lui.

S-a aşezat şocat de descoperire. Mai înainte nu stabilise această ierarhie. Aşadar, avea o favorită... Arătase lucrul acesta? Ei sau celorlalte? Nu. Preferinţa se afla în străfundurile sale, obscură, activă, inaccesibilă – chiar şi lui – până acum.

Grace... s-a înduioşat gândindu-se la fata cu părul ciufulit şi gâtul subţire şi lung. Era atât de uşor să o îndrăgeşti. Strălucitoare, mai puţin chibzuită decât sora ei mai mare, mai vioaie decât celelalte, nu ştia ce-i plictiseala şi, în orice situaţie, găsea mii de detalii care s-o facă interesantă. Bănuia că, dacă va mai continua să se gândească la moartea ei, va suferi şi mai mult. De aceea a început să muncească şi mai vârtos.

— Numai să nu fie Grace.

Şi a strâns şurubul până i-a căzut cheia din mână.

— Mai bine Joan.

Cu siguranţă că pierderea lui Joan l-ar necăji mai puţin. Joan, bolovănoasă, puţintel ipocrită, cu trăsături aspre, cu părul negru, strălucitor, des ca un pămătuf şi căzându-i pe frunte, cu feţişoara ei de şoarece. Nu avea nici un motiv să-i inspire simpatie. Trebuie spus că era cea de a treia fiică a sa, că nu beneficia nici de efectul de noutate care o însoţeşte pe prima născută, nici de liniştea pe care o resimt părinţii când vine pe lume cea de a doua. Celei de-a treia, se-nţelege, i se acordă mai puţină atenţie, surorile ei se ocupă de ea. Greg nici nu a avut prilejul să o vadă când se născuse, căci lucra pentru o companie care avea trasee până în Emirate. Şi nu-i plăceau culorile ei: culoarea pielii, a ochilor, a buzelor; dacă o privea nu le regăsea în ea nici pe soţia lui, nici pe surorile ei; îi părea străină. O, nu se îndoia că era a lui, fiindcă îşi amintea noaptea în care fusese concepută – la întoarcerea din Oran –, iar vecinii pretindeau că îi seamănă. Aceeași claie de păr ca și el, e sigur. Poate că era motivul stingherelii sale: o fată care avea trăsături de băiat, fără să fie băiat.

Căci Greg nu făcuse decât fete, sămânța lui era incapabilă să procreeze băieți, insuficient de puternică pentru a avea altceva decât fete. Recunoștea acest fapt. El era bărbatul, responsabil de ceea ce era masculin în cuplu, el, colosul care, dintr-un motiv necunoscut și, mai ales, invizibil, nu era înzestrat cu virilitatea necesară pentru a impune un băiat în această matrice de fete.

După cât se pare, puțin lipsise ca Joan să fie băiat... Era un băiat ratat, și asta demonstra neajunsul lui Greg. De altfel, nu-i plăcea să fie felicitat pentru progeniturile sale, văzând în aceasta o zeflemea perfidă.

— Ce noroc, domnule Greg, să aveți patru fete! Fetele își iubesc tații. Vă adoră, nu-i așa?

Firește că îl iubeau! La cât se străduia pentru ele, niciodată acasă, tot timpul pe mare ca să muncească pentru a aduce banii necesari, lucruri, haine, cărți... Firește că-l iubeau! Ar fi fost niște nerecunoscătoare dacă nu ar fi făcut-o, toți banii câștigați erau pentru ele, nu păstra pentru sine decât niște firfirici. Firește că-l iubeau...

Pentru Greg, iubirea era o obligație sau ceva ce trebuie plătit. Iar el își exprima devotamentul de părinte muncind pe brânci. Nu ar fi bănuit că iubirea poate consta în zâmbete, mângâieri, tandrețe, râs, simpla prezență, jocuri, timp oferit și petrecut împreună. În ochii lui, avea toate motivele să se considere un tată bun.

— Atunci, Joan a murit.

Nu-și dădea seama, dar această ipoteză îi alina suferința.

Seara, când căpitanul l-a chemat la comandament, Greg se aștepta ca Monroe să-i confirme bănuielile.

Stând în fața superiorului său, Greg se surprinsese gândind, sub forma unei scurte și insistente rugăciuni. „Numai de nu ar pronunța numele lui Grace. Nu Grace, ci Joan. Joan. Joan."

— Îmi pare rău, Greg, dar nu reușim să contactăm pe nimeni, a spus căpitanul. Din cauza norilor, a mării, legăturile sunt foarte proaste. Pe scurt, nu știm care dintre fiicele tale...

— Vă mulțumesc, domnule căpitan.

Greg a salutat și a ieșit.

A alergat până în cabina sa și s-a încuiat pe dinăuntru. Nu dorise adineauri moartea uneia dintre fiicele sale? Nu a ales-o el pe cea care îi putea fi luată? Cu ce drept? Cine îi permisese să rostească în gând numele lui Joan? Numind-o, nu procedase ca un asasin? Erau demne de un tată gândurile ucigașe care îi răscoleau mintea? Un tată bun se luptă ca să-și salveze fetele, toate fetele...

Dezgustat de el însuși, măsura violent încăperea îngustă; de mai multe ori a lovit cu pumnul în metalul peretelui.

— Ruşine! Ruşine! Dacă ţi se spune „Fata ta“, te gândeşti la Grace. Dacă eşti anunţat „Ţi-a murit o fată“, o arunci în groapă pe Joan. Ar trebui să mori de ruşine.

Desigur, nimeni nu îl auzea vorbindu-şi: se simţea, de acum înainte, abject, laş. Rana aceasta sângerândă nu avea să se vindece niciodată.

— Nu am dreptul să o iubesc pe Joan mai puţin decât pe celelalte. De ce nu m-am gândit până acum la Kate sau la Betty?

Dexter a bătut în uşă.

— Eşti bine, Greg?

— Da.

— Să nu te învinovăţeşti. Vino. Am ceva care te poate ajuta.

Greg a deschis uşa şi s-a răstit.

— Nimic nu mă poate ajuta.

Dexter a dat din cap, dar i-a întins totuşi cartea.

— Uite.

— Ce-i asta?

— Biblia mea.

Greg a fost atât de descumpănit, încât şi-a uitat necazul pentru câteva secunde. Mâinile care refuzau să ia cartea, ochii care descifrau cu ostilitate coperta de pânză veche, pătată, totul în el striga: „Ce naiba să fac eu cu asta?“

— Păstreaz-o. Cine ştie, poate vei găsi un text care te va ajuta.

— Nu citesc.

— Să deschizi Biblia nu înseamnă să citeşti, înseamnă să gândeşti.

Dexter i-a îndesat volumul în mâini şi s-a dus să înceapă cartul.

Greg a aruncat cartea pe pat, a înţeles că nu va reuşi să doarmă, şi-a pus tenişii, a îmbrăcat o geacă şi a hotărât să alerge pe puntea navei până se va prăbuşi de oboseală.

A doua zi Greg s-a trezit convins că Joan murise.

De data aceasta nu-i mai convenea, dimpotrivă, era umilit: în vis o văzuse pe Joan agonizând fiindcă avusese un tată rău, un părinte indiferent. Fără să ridice capul de pe pernă, a început să plângă în hohote din cauza destinului fiicei sale, din cauza vieţii scurte trăite alături de un om crud căci, dacă îi ascunsese lui Grace că o prefera, în schimb, lui Joan îi dovedise cu hotărâre că abia o suporta, mereu gata să o bombăne, să o corecteze, să-i ceară să tacă sau să le lase să vorbească pe surorile ei. O îmbrăţişase oare din toată inima? Copila va fi simţit că se interesa de ea fără chef, mai degrabă din grijă să păstreze echidistanţa decât din suflet.

Tot sucindu-se şi răsucindu-se în pat, a simţit Biblia lui Dexter. Din reflex, a răsfoit volumul, a privit versetele scrise cu litere mititele, a aruncat o privire sumarului şi a extras o carte poştală dintre pagini. Era o fotografie pioasă, colorată, imprimată pe carton, în care o aureolă aurie încadra chipul unei femei – Sfânta Rita.

Zâmbetul ei l-a emoționat. Le simboliza pe soția sa, pe fetele sale, în puritatea, frumusețea, candoarea lor.

— Fă în așa fel să nu fie Joan, a șoptit Greg spre icoană. Fă în așa fel încât să nu fie Joan. Ca să-mi pot repara greșeala. Îi voi acorda toată atenția și toată dragostea pe care le merită. Te rog, să nu fie Joan.

Era surprins că îi vorbea unei imagini tipărite pe carton; ar fi fost la fel de surprins dacă s-ar fi găsit în fața sfintei în carne și oase, căci nu credea nici în Dumnezeu, nici în sfinți. Totuși, în starea de agitație în care îl adusese telegrama doctorului Simbadour, era gata să încerce orice, inclusiv rugăciunea. Pe cât își dorise în ajun ca Joan să dispară, pe atât își dorea să trăiască pentru a compensa timpul pierdut, tandrețea nemărturisită.

Și-a reluat lucrul cu mai puțină energie, pentru că gândurile care i se învălmășeau în minte îl epuizau. Această veste stârnise în el un univers dureros de gânduri – înaintea lui se deschidea poarta suferințelor morale.

Se gândea la Kate, fata cea mare, tăcută, apropiată de mamă prin asemănarea fizică și de tată prin caracter și care, la optsprezece ani, lucra într-un magazin din Vancouver... Să fi murit ea? Dacă era Kate, oare ce vise întrerupsese această moarte?

Greg şi-a dat seama că nu ştia cine sunt fetele sale. Putea să enunţe detalii obiective: vârstă, obişnuinţe, orare, însă habar n-avea ce gândeau ele. Străine apropiate. Enigme care depindeau de autoritatea lui. Patru fete: patru necunoscute.

La pauză a vrut să fie singur şi a pretextat că vrea să facă un duş; s-a închis în încăperea îngustă care ţinea loc de baie apoi, din reflex, s-a dezbrăcat.

S-a privit în oglindă. Era voinic, avea umeri largi aşa cum îi erau şi gândurile. Fizicul său nu minţea: fruntea îngustă, mai mult lungă decât lată, lăsa loc puţin intelectului; picioarele voinice susţineau torsul care se lăţea în formă de trapez puternic până la umeri, spunând povestea unui bărbat care se consacră activităţilor fizice. De ani de zile, în fiecare seară se simţea mândru că este sleit de puteri, căci oboseala îi dădea sentimentul datoriei împlinite. O viaţă extrem de simplă, nici măcar pândită de uzură; căci, ca să te poţi sătura de un lucru, trebuie să-ţi imaginezi un altul...

Se analiza în oglindă. De când se ştia trăise pe mare ca să scape de uscat. Trăise pe mare ca să scape de prima familie, cea în care tatăl era beţiv, iar mama abulică, să scape şi de cea de a doua familie pe care şi-o întemeiase – „întemeiase“, cuvântul i se părea pretenţios deoarece Greg se mulţumise să-şi posede femeia în mod legal, doar la asta serveşte însuratul, nu? Greg traversase lumea pe valurile mării: cu alte cuvinte nu văzuse nimic. Deşi cargoul pe care muncea acostase în nenumărate porturi, Greg nu înaintase mai mult decât nava, nu părăsise niciodată cheiul, rămânând în port din neîncredere, din teamă de necunoscut, de frică să nu rateze plecarea. De fapt, orașele, națiunile, câmpurile străine, în ciuda milioanelor de kilometri străbătuți, le visase pe navă sau în taverna de la docuri, rămânând destinații îndepărtate.

Fetele lui de asemenea. Exotice. Schițate. Nu mai mult.

Ce-și putea aminti de Betty, mezina? Că avea nouă ani, că era mai degrabă o elevă conștiincioasă, că avea camera ei – o debara pe care i-o reamenajase Greg. Altceva? Îi era greu să spună mai exact. Nu îl interesase ce gusturi avea, care îi erau dorințele, repulsiile, ambițiile.

De ce nu găsise timp ca să stea mai mult cu fetele? Ducea o viață frustă, nu era decât o vită de povară, un bou înjugat să are mările.

A mai aruncat o ultimă privire acestui corp musculos de care nu cu mult înainte era mândru, s-a clătit, apoi s-a îmbrăcat.

Până seara a continuat să evite să discute cu ceilalți bărbați care, fiindcă respectau ceea ce credeau a fi durerea lui, nu insistau deloc, considerând că Greg trecea printr-un supliciu. Nu-și imaginau că durerea unui tată era completată de durerea de a fi fost un tată rău.

Totuși, la miezul nopții, sub un cer negru ca o gură de balaur, pe locul unde Greg se spetea la pompe, Dexter l-a întrebat:

— Şi tot nu se ştie care dintre fetele tale este cea care...

Greg era cât pe ce să răspundă: „Nu contează, nu există una pe care să o ştiu mai bine decât pe celelalte“, apoi s-a mărginit să răspundă:

— Nu.

— Nu ştiu cum aş reacţiona dacă mi s-ar întâmpla un lucru atât de groaznic, a şoptit Dexter.

— Ei bine, nici eu.

Răspunsul a ţâşnit cu atâta pertinenţă, încât Dexter, care nu prea era obişnuit să-l audă pe Greg exprimându-se în cuvinte potrivite, a fost stupefiat.

Greg trăia o durere neaşteptată: începuse să gândească. În el creştea neîncetat un efort de gândire care îl extenua. Nu-şi schimbase înfăţişarea, dar un altul i se strecurase sub piele, un alt Greg îl locuia pe cel dinainte, o conştiinţă morală şi intelectuală se mutase în bruta până atunci liniştită.

Când s-a băgat în pat, a plâns multă vreme, fără să caute ceea ce dispăruse şi, încet, încet, a adormit. Somnul l-a prins înainte să se dezbrace, fără să se bage în aşternut, un somn greu, adânc, care oboseşte şi care dimineaţa îl lasă pradă pe cel care se trezeşte unei stări de epuizare superioară.

Când s-a trezit şi-a dat seama că, de la mesajul fatal, nu se gândise niciodată la soţia sa. De altfel, pentru el, Mary nu mai era soţie, ci parteneră de familie, colega lui în educația fetelor: el aducea banii, ea își punea la dispoziție timpul. Atâta tot. Echitabil. Clasic. Deodată a bănuit că la rândul ei trebuia să sufere și asta i-a amintit de tânăra pe care o întâlnise cu douăzeci de ani mai înainte. A înțeles că această Mary fragilă, emoționantă era, în acel moment, copleșită de doliu. De câți ani nu i-a declarat că o iubește? De câți ani nu a mai simțit că o iubește? Aceste gânduri l-au distrus.

Se deschiseseră supapele neliniștii. Acum, de dimineață până seara, gândea; era greu, sufocant, copleșitor.

Nu trecea o oră în care să nu-și facă griji pentru fete și pentru soție. Chiar și când muncea, îi rămânea în suflet o dâră de tristețe, o amărăciune, o melancolie pe care nici o activitate manuală nu o îndepărta.

Ultima după-amiază dinaintea întoarcerii și-a petrecut-o stând pe punte, cu brațele sprijinite de rampa de protecție. Până în zare șiroiau numai valurile de sub navă, nu era nimic de văzut; scruta cerul cu capul răsturnat pe spate. Când ești pe mare, cel mai interesant lucru este cerul, mai divers, mai bogat, mai schimbător decât valurile, capricioase ca o femeie. Toți marinarii sunt îndrăgostiți de nori.

În mintea lui, Greg trecea de la contemplarea luminii la tumultul său interior; niciodată nu profitase de o ocazie pentru a fi astfel, un om, un simplu om infim, în mijlocul oceanului imens, oscilând între natură și nesfârșitele sale gânduri.

Noaptea a hohotit, ca să nu se mai gândească.

De când primise telegrama, îşi dăduse de asemenea seama că era văduvul tinerei femei care fusese Mary.

Iar tatăl care mâine va coborî pe cheiul din Vancouver îşi pierduse, în aceste trei zile, toate fetele.

Toate. Nu doar una singură. Ci patru.

Cargoul se apropia de uscat. În zare se vedea Vancouverul.

Pescăruşii vioi planau cu precizia unor maeştri ai coastei pe care o cunoşteau mai bine decât marinarii şi pe care o parcurgeau mai repede decât ar fi putut să o facă vreodată un vapor.

Pe uscat, toamna era în toată splendoarea ei după o vară secetoasă; arborii păreau în flăcări datorită tonurilor vii de galben şi de portocaliu; frunzele mureau sublim ca şi cum, prin aceste culori intense, mulţumeau şi restituiau în ultimele clipe de viaţă surplusul lor de soare.

Cargoul a intrat în portul Vancouver. Clădirile înalte, vigilente, semeţe, reflectau în geamuri norii şi valurile, ducând cu ele nostalgia depărtării. Vremea era schimbătoare, când strălucea soarele, când cădeau ploi scurte pe care locuitorii oraşului le numeau „soare lichid".

Grandville a acostat pe cheiul străjuit de macarale roşii.

Greg a tresărit. A văzut de-a lungul docurilor siluetele familiare. Îl aşteptau.

Le-a numărat imediat. Erau soţia şi trei fete.

Una dintre ele lipsea.

Dar nu voia să descopere care anume. Şi-a întors privirea, s-a concentrat asupra manevrelor de acostare. Când cargoul a fost ancorat, a examinat femeile în doliu, aliniate la douăzeci de metri deasupra lui, distincte deşi minuscule.

Da, şi-a zis.

Acum ştie.

Ştie care dintre ele a murit, care dintre ele au rămas în viaţă.

I se frânge inima. Pe de-o parte, tocmai şi-a pierdut o fiică, pe de alta, tocmai le-a regăsit pe celelalte trei. Una a pierit, celelalte au revenit la viaţă. Incapabil să reacţioneze, împietrit, are chef să râdă şi simte nevoia să plângă.

Betty... Aşadar Betty, mezina, cea pe care aproape că nici nu a avut timp să o iubească.

Pasarela este instalată; coboară.

Ce se întâmplă? Betty ţâşneşte dintr-o boxă în care se adăpostise şi se alătură surorilor ei făcându-i cu mâna.

Cum este cu putinţă?

Rămas locului pe asfalt, Greg face numărătoarea: cele patru fete ale sale sunt acolo, la treizeci de paşi în faţa lui. Nu înţelege, este încremenit: cele patru fete ale sale trăiesc. Se sprijină de rampa din spatele lui, are un nod în gât. Aşadar a fost o greşeală? De la început... Telegrama nu îi era destinată lui! Era pentru altcineva.

Da, i-au transmis-o lui în timp ce, în realitate, era vorba despre un alt marinar şi singura lui fiică. Moartea nu i-a distrus familia!

Vesel, începe să alerge spre ele. Mai întâi o prinde în braţe pe Mary şi o strânge la piept. Surprinsă, aceasta se lasă cuprinsă de braţele lui. Niciodată nu o îmbrăţişase cu atâta căldură. Apoi îşi strânge în braţe toate fetele, de mai multe ori, le atinge, le palpează, verifică dacă sunt vii, nu rosteşte nici un cuvânt, scoate strigăte de fericire, i se umezesc ochii de emoţie. Şi ce dacă! Nu-i mai este ruşine, nu-şi mai ascunde lacrimile, el, bărbatul, pudicul, rezervatul, taciturnul, le îmbrăţişează, le strânge la piept, mai ales pe Joan, care tremură de mirare. Fiecare dintre ele i se pare un miracol.

— Sunt atât de fericit să vă revăd pe toate, şopteşte el în sfârşit.

— Ţi s-a spus? îl întreabă Mary.

Despre ce vorbeşte? A, nu, nu ea... Nu şi ea... Nu mai vrea să i se reamintească acel mesaj absurd! Şi l-a şters din minte. Nu e treaba lui. O greşeală.

— Ce?

— Doctorul Simbadour m-a asigurat că i-a anunţat pe cei de pe navă.

Brusc Greg se crispează. Ce? Era serios? Chiar era pentru el?

Mary pleacă privirea şi spune cu voce gravă.

— Am avut dureri. Am fost la spital. Avort. Am pierdut copilul nostru.

Greg pricepe ceea ce îi scăpase mai înainte: soția lui era însărcinată când plecase pe mare. Era atât de ireal! Un copil care se va naște, deși nu-ți vedeai soția burta rotunjită. Mary avea cu siguranță o fată în pântece. Doctorul Simbadour nu dăduse un nume pentru că fetusul nu avea încă unul...

În zilele care au urmat, Mary și fetele au rămas siderate de reacția lui Greg. Nu numai că avea grijă de soția lui așa cum nu o făcuse niciodată, dezvăluind comori de atenție, dar a insistat să fie botezată fetița care murise.

— Rita. Sunt sigur că ăsta-i numele – Rita.

Și a cerut să fie îngropată. În fiecare zi mergea la cimitir ca să-i ducă flori; în fiecare zi plângea deasupra mormântului mic al Ritei, acest copil pe care nici nu-l văzuse, nici nu-l atinsese și îi șoptea cuvinte blânde. Kate, Grace, Joan, Betty nu crezuseră că acel om brutal poate dovedi atâta afecțiune, atâta considerație, atâta delicatețe. Obligate să aibă un părinte absent, să aibă de a face cu forța lui fizică sau să-i asculte ordinele, acum îl priveau cu alți ochi și începeau să nu se mai teamă atât de mult de el.

Când, două luni mai târziu, Greg le-a anunțat că nu va mai pleca pe mare fiindcă acceptase un post de docher în port, s-au bucurat că acest necunoscut, până nu demult distant și temut, le-a devenit, în sfârșit, tată.

Concert în memoria unui înger

În timp ce îl asculta pe Axel cântând la vioară, Chris şi-a dat seama cât de inferior îi este.

Sunetele concertului *În memoria unui înger* se înălţau printre copaci pentru a se alătura cerului, ceţii tropicale, trilurilor de păsări, norilor pufoşi. Axel nu interpreta bucata muzicală, o trăia; inventa melodia; schimbările stărilor sufleteşti, accelerările, încetinirile de ritm îi aparţineau, antrenând orchestra cu ele, creând, de la o secundă la alta, un cânt modelat de degetele sale pentru a exprima gândirea. Vioara se transforma într-o voce, o voce care se tânguieşte, ezită, îşi recapătă fermitatea, se încordează.

Chris simţea această seducţie şi, în acelaşi timp, se stăpânea să nu-i cadă pradă, fiindcă presimţea un pericol: dacă l-ar iubi prea mult pe Axel, ar urma să se urască pe sine însuşi.

Muzicienii obişnuiţi îi lăsau impresia că ies din public, îşi abandonează locul pentru a urca pe scenă; aşa erau majoritatea studenţilor care alcătuiau această orchestră de festival, ridicoli şi tembeli, cu ochelarii lor ieftini, cu hainele lor alese în grabă. Axel, dimpotrivă, părea că vine din altă lume, descins de pe o planetă extraordinară unde domneau inteligența, bunul gust, spiritualitatea autentică. Nici înalt, nici scund, subțire, dar viguros, avea un chip de felină. Buclele brune, vaporoase, indiferente parcă la ceea ce se afla în jur, îi subliniau tinerețea. Chiar dacă aveau trăsături asemănătoare, armonioase şi regulate, alți băieți păreau trişti – sau plictisitori –, tocmai pentru că le lipsea consistența lăuntrică; el degaja o energie care te fulgera. Integru, generos, exuberant şi sever totodată, Axel strălucea asemenea unui idol, încrezător, apropiat al sublimului, în acord tacit cu geniul. Medita prin intermediul viorii cu autoritatea radioasă a celui inspirat, accentuând efectul taumaturgic al muzicii, trezind în auditoriu dimensiunea spirituală care îl face mai bun. Cotul suplu, fruntea netedă întrupau filozofia în muzică.

Nervos, Chris şi-a privit picioarele. El nu cântase niciodată atât de bine la pian. Trebuia să renunțe? La nouăsprezece ani adunase medalii, premii, diplome de excelență, era ceea ce se cheamă „ia tot“, spaima concurenților, victorios în toate capcanele întinse de virtuozi, Liszt sau Rahmaninov; totuşi, în fața miracolului pe nume Axel, îşi dădea seama că obținuse aceste victorii datorită furiei, muncii depuse. Chris ştia doar ceea ce se învață, în timp ce Axel ştia ceea ce nu se învață. Pe podiumul destinat solistului nu este de ajuns să interpretezi corect, trebuie să interpretezi adevărat; în mod firesc, Axel interpreta adevărat; lui Chris nu-i reuşea acest lucru decât studiind, cugetând, imitând.

S-a înfiorat, deşi pe insula thailandeză erau 35°; aceşti fiori îi subliniau nerăbdarea: dorea ca Axel să înceteze rapid să-l mai chinuiască oferindu-i această splendoare şi, mai ales, să fie reluate întrecerile.

Stagiul, intitulat „Music and Sports in Winter“, oferea studenţilor dornici să atingă un nivel de excelenţă sau să devină viitori profesionişti posibilitatea de a amesteca divertismentul, activităţile fizice şi perfecţionarea în instrumentul ales. Fiecare avea un profesor personal două ore pe zi, se reuneau să interpreteze diverse bucăţi muzicale şi să se înfrunte în întreceri sportive. După yachting, scufundări, ciclism, sejurul se încheia cu o întrecere în care fiecare îşi încerca norocul pentru a câştiga premiul întâi – o săptămână la Filarmonica din Berlin, una dintre cele mai strălucite orchestre din lume.

Axel a atacat partea a doua a concertului. Chris, care considerase mereu acest pasaj disparat de rest, cu o scriitură mai nereuşită, se bucura la gândul că Axel avea să se clatine, să rupă vraja, să plictisească auditoriul. Speranţă deşartă. Axel a conferit sunetelor nuanţe de indignare, de revoltă, de mânie care atribuiau piesei muzicale formă şi sens. Dacă în prima parte creaţia lui Alban Berg evoca „îngerul“ – copilul mort –, în cea de a doua dezvăluia durerea părinţilor.

— Incredibil! Este mai bun decât înregistrările de referinţă pe care le am.

Cum putea băiatul acesta de douăzeci de ani să-i surclaseze pe Ferras, Grumiaux, Menuhin, Perlman, Stern şi alţii asemenea lor?

Concertul s-a încheiat sublim prin trimiterea, din vârful arcuşului, la un coral de Bach, care, *in extremis*, descătuşa convingerea că totul, chiar şi tragicul, este justificat, o profesiune de credinţă surprinzătoare la un compozitor modernist, dar pe care Axel o făcea pe cât de evidentă, pe atât de tulburătoare.

Publicul a aplaudat până i s-au înroşit palmele, iar membrii orchestrei, la rândul lor, au lovit pupitrele cu arcuşul. Stânjenit, considerând că s-a şters pe sine în favoarea lui Alban Berg, australianului i se părea nepotrivit să fie el, un simplu interpret, cel aclamat. A salutat aşadar publicul stângaci, dar în stângăcia lui exista har.

Chris, obligat să se ridice în picioare ca să-şi imite vecinii care îl ovaţionau pe Axel, şi-a muşcat buzele privind în jur: violonistul reuşise să entuziasmeze un public ignar – inşi veniţi să facă baie în mare, să stea la plajă, băştinaşi – prin intermediul unei creaţii dodecafonice! La cea de a treia chemare la rampă, n-a mai putut suporta succesul celuilalt; s-a strecurat printre oameni, a părăsit auditoriul improvizat în aer liber şi s-a îndreptat spre cortul său.

În drum l-a întâlnit pe Paul Brown, newyorkezul care organizase aceste sesiuni internaţionale.

— Ei, micului Cortot i-a plăcut concertul?

Paul Brown îi spunea lui Chris „micul Cortot“ fiindcă era francez şi pianist, or, pentru universitarii americani, Cortot simboliza pianistul francez prin excelență.

— Axel mi-a dezvăluit o creație după care nu mă înnebunesc!

— S-ar spune că ești contrariat, că ești silit să depui armele. Aș zice că nu te-a încântat nici să-l apreciezi pe Berg, nici să-l admiri pe Axel.

— Admirația nu este punctul meu forte. Prefer provocarea, competiția, victoria.

— Știu. Axel și cu tine reprezentați contrariile. Unul zâmbește, celălalt transpiră. Tu ești un luptător, el este zen. Tu concepi viața ca pe o înfruntare, el înaintează fără să își imagineze cel mai neînsemnat pericol.

Paul Brown l-a privit cu atenție pe Chris. Nouăsprezece ani, ochi întunecați, părul ca o coamă sălbatică, morga fiilor răsfățați, trup solid și banal pe care îl completa cu niște ochelari de poet și o barbă ascuțită, virilă, bine adusă din foarfece, semn că dorește să fie tratat cu tot respectul datorat vârstei mature.

— Cine are dreptate? a întrebat Chris.

— Mă tem că tu ai dreptate.

— A...

— Da, nu degeaba sunt american, micul meu Cortot. Inocența și încrederea sunt frumoase, dar n-au ce căuta în lumea noastră. Este nevoie de talent ca să începi o carieră, dar pentru a o desăvârși este nevoie de hotărâre, de ambiție și de o tenacitate furioasă. Tu ai mentalitatea adecvată!

— A! Crezi că aș interpreta mai bine decât Axel?

— Nu am spus asta. Nimeni nu poate interpreta mai bine decât Axel. Dar presupun că vei avea o carieră mai bună decât a lui.

Îndărătul acestei aprecieri se afla o rezervă apreciabilă, chiar o condamnare, însă Chris a hotărât să nu păstreze decât complimentul.

— Cain şi Abel! Dacă ar trebui să vă botez din nou, numele astea vi le-aş da. Doi fraţi cu firi opuse: Cain – cel aspru şi Abel – cel blând, a exclamat americanul lovindu-se cu palma peste frunte.

Încântat de el însuşi, Paul Brown l-a contemplat pe Chris cu buzele ţuguiate, sperând să audă un comentariu. Chris s-a mulţumit să ridice din umeri şi, în timp ce îşi continua drumul, i-a aruncat:

— Să rămânem la micul Cortot, te rog. Şi sper că „micul" se referă doar la vârsta mea...

În dimineaţa ultimei duminici a stagiului, Chris a sărit din pat cu părul zburlit, alungat din aşternut de nerăbdare: îi era cu neputinţă să doarmă mai mult, avea nevoie de acţiune, simţea în muşchi o mâncărime care îl îndemna la înfruntare.

În ajun se temuse că va rata cursa finală, căci mama sa îl anunţase că marţi va susţine o audiţie în faţa unor importanţi realizatori de emisiuni muzicale parizieni. Ar fi fost înţelept să plece imediat, încă de la primirea acestei veşti, fiindcă trebuia să ajungă cu vaporul până la Bangkok – un drum de patru ore – apoi să moţăie douăsprezece ore într-un zbor de cursă lungă ca să treacă peste jumătate din globul terestru; chiar şi aşa, odată revenit în Franța, tot nu ar fi putut să-şi revină de pe urma decalajului orar. Dar Chris şi-a refuzat această soluție de bun-simț, a reexaminat orarul de călătorie şi a reuşit, ca un acrobat, să se înscrie în cursă estimând că putea lua o navetă duminică seară.

De ce îşi impunea atâta stres? Premiul nu îl interesa deloc pentru că, pianist fiind, stagiul de o săptămână într-o orchestră, chiar şi cea berlineză, nu îi oferea decât puține prilejuri de a concerta. De fapt dorea să lupte, să-l sfideze pe Axel, să o ia înaintea australianului, să nu se despartă de el fără să-i fi arătat că îi este superior şi să-l oblige să muşte țărâna.

La micul dejun, s-a aşezat în fața violonistului care a ridicat nasul din farfurie.

— Bună dimineața, Chris, mă bucur că te văd, a spus Axel.

Axel zâmbea cu acea blândețe vagă pe care i-o permitea forma pleoapelor, un abandon aproape feminin care zdrobea inimile fetelor şi îi tulbura pe bărbați. În acelaşi timp, ochii albaştri mari, atât de atenți la interlocutor, dădeau impresia că, în timp ce îi privea, îi şi radiografia.

— Bună, Axel. Eşti pregătit pentru astăzi?

— De ce? Ce se întâmplă astăzi? A, da, întrecerea...

Când râdea, dădea capul pe spate şi îşi expunea gâtul de parcă ar fi trebuit să fie sărutat.

Chris nu putea concepe că Axel nu este obsedat de cursă. „Îşi bate joc de mine! Se preface că este relaxat, dar de fapt nu s-a trezit decât pentru asta."

— Nu ştiu dacă să particip, a continuat Axel. În după-amiaza asta am chef să citesc pe plajă nişte partituri şi o carte pe care am început-o deja.

— Nu poţi să nu te implici! s-a indignat Chris. Toată lumea te-a apreciat ca solist, iar izolarea asta riscă să fie greşit interpretată.

Axel a roşit.

— Ai dreptate, scuză-mă, am să particip. Mulţumesc pentru că m-ai adus cu picioarele pe pământ. Uneori mă comport monstruos, mă gândesc numai la mine, în loc să mă gândesc la grup.

„Gândeşte-te în primul rând la mine, fiindcă am să-ţi arăt eu ţie", a bombănit Chris în sinea lui.

La ora nouă s-a dat startul întrecerii. Candidaţii au primit o bicicletă, o hartă a insulei şi un prim indiciu; după semnalul de plecare, vor înainta de la un reper la altul – fiecare loc indicând detalii pentru următorul – până la ultima ascunzătoare unde se afla comoara. Cel care deschidea primul cufărul piratului lua jetonul cu numărul unu, următorul – jetonul cu numărul doi şi aşa mai departe.

— Fie ca cel mai bun să câştige! a urlat Paul Brown, roşu la faţă, cu venele de la gât umflate.

O petardă a bubuit spre cerul de culoarea turcoazei. Chris a pornit cu toată energia sprintului final, gândind şi pedalând, împingându-şi vecinii cu coatele.

După trei etape era lider. Rebusul şi localizarea ascunzătorilor i se păreau de o simplitate copilărească, dar nu şi-a permis să slăbească ritmul.

Un detaliu îl contraria: cei doi urmăritori erau Bob şi Kim, un texan şi un coreean. „Nu concurez ca să îi întrec pe ăştia doi! Un interpret la tubă şi un percuţionist!" a horcăit el ţâfnos. Ca toţi muzicienii, Chris îşi stabilise propria ierarhie: în vârf se aflau marii solişti: pianiştii, violoniştii, violonceliştii; la nivelul următor: flautiştii, cei care cântă la violă, harpiştii, clarinetiştii şi alţii asemenea lor; jos de tot se găseau interpreţii care aveau instrumente modeste, limitate, instrumente complementare, aşa cum sunt tuba şi cele de percuţie! „De ce se târâie Axel în coada plutonului?"

Percepându-l pe australian după chipul şi asemănarea lui, îşi imagina că Axel pedala încet în mod intenţionat, nu se implica prea mult ca să evite confruntarea cu Chris; astfel Axel putea să-şi spună că, dacă ar fi vrut, l-ar fi întrecut.

— Ticălos! Trişor! Nenorocit! bombănea Chris pedalând frenetic, în timp ce ataca o pantă abruptă.

Ajuns la cel de al doilea indiciu, s-a întors şi a observat că Axel îi ajunsese din urmă pe Bob şi pe Kim.

— Aha! Îşi revine!

Valoarea adversarilor conferă valoare unei competiţii şi premiului obţinut; văzând că Axel îi suflă în ceafă, Chris a simţit că forţele i se reînnoiesc.

În ciuda soarelui de amiază, şi-a adunat toate puterile ca să abordeze ultimele etape. Dificultatea crescândă a şaradelor îi încetinise pe Bob şi pe Kim şi împinsese plutonul urmăritor mult în urmă; în scurt timp nu mai erau decât ei doi: australianul şi cu el; în sfârşit cursa devenea un duel aşa cum îşi dorise.

— Duel, duo... Prostul bătrân de Pastella, de la muzica de cameră, pretindea că eu confundam cele două noţiuni! „Un duo înseamnă să cântaţi împreună, domnule Chris; un duel înseamnă să cântaţi unul împotriva celuilalt", repeta nulitatea aia expirată. Nu este de mirare că a putrezit într-un post de profesor fără să întâlnească publicul, nu s-a prins că, dintotdeauna, totul este un duel!

Nu asta se întâmplase miercurea trecută, când Paul Brown ceruse ca Axel şi Chris să interpreteze *Sonata pentru vioară şi pian* de Franck? După câteva măsuri, atunci când a înţeles că Axel ataca lucrarea cu naturaleţe, cu prospeţime, de parcă ar fi compus-o chiar în acea dimineaţă, Chris s-a hotărât să atragă atenţia asupra lui însuşi, arătând cuprinderea posibilităţilor sale pianistice, multiplicând nuanţele, devenind foarte vioi când trebuia să fie doar vioi, apoi foarte tandru, foarte visător, clocotitor, excesiv, manierat, suprainterpretând conştient creaţia lui Franck astfel încât, prin comparaţie, demersul lui Axel era timid, fără strălucire. Operaţiune reuşită: complimentele s-au îngrămădit asupra lui Chris; numai Paul Brown, arborând o mină sceptică, i-a arătat francezului că i-a descoperit manevra şi că nu o aprecia deloc.

Borna cu numărul douăzeci! După simboluri, Chris a dedus că preţioasa comoară se află sub apă, sub recifele de corali. În sfârşit, avea să profite de luna de zile de antrenament pentru scufundări.

Devansându-l pe Axel cu patru minute, a ajuns pe ţărm, şi-a ascuns bicicleta într-un tufiş apoi a alergat până la micul golf pe care i-l indica harta.

Acolo, într-o gheretă, îl aştepta echipamentul pentru scufundare având sigla „Music and Sports in Winter".

— Perfect, nu m-am înşelat.

La fiecare zece secunde îşi verifica avansul privind pe furiş în urma lui, în timp ce îmbrăca costumul, agăţa butelia cu aer în spate şi îşi punea labele de scafandru şi îşi fixa masca.

Axel a apărut. Ca şi cum l-ar fi ciupit cineva, Chris s-a aruncat în apă, grijuliu să rămână în frunte, înotând cu mişcări largi spre corali.

— După calculele mele, trebuie să fie la est.

A înaintat ondulându-şi trupul şi a ieşit la suprafaţă. Din reflex, după o sută de metri s-a întors să vadă unde era Axel; acesta tocmai se îndrepta spre vest.

— Vest? De ce spre vest?

Dacă ar fi fost vorba de un altul, nu i-ar fi dat atenţie, dar, ţinând cont de discernământul lui Axel, în mintea lui clocotind de gânduri s-a strecurat o îndoială.

Mişcându-şi picioarele, a cumpănit, a pus cap la cap toate indiciile şi s-a oprit brusc:

— Are dreptate!

Furios, s-a răsucit, şi a pornit într-acolo, încercând să mai câştige un plus de viteză. Peştii fugeau speriaţi în jurul lui. Poate avea o şansă, fiindcă Axel înota deasupra stâncilor în timp ce el o lua de-a dreptul prin apă.

Aproape de recifele de corali, la o distanţă considerabilă în poiana lichidă, i s-a părut că zăreşte o formă insolită. Cufărul? A sprintat riscând fie asfixierea, fie o întindere musculară.

La dreapta lui, Axel a ocolit formaţiunea de corali, apoi s-a strecurat printre stâncile masive, cu vârfuri ascuţite. Să fi văzut oare un animal periculos care l-a obligat să dea înapoi atât de brusc? A simţit vreo slăbiciune? S-a sprijinit, fără să-şi dea seama, de o stâncă instabilă? Un bloc de rocă s-a desprins, apoi un al doilea, iar silueta a dispărut într-un nor de aşchii.

Chris a ezitat. Ce să facă? Să meargă la el? Să-l ajute? Aşa fusese învăţat când şi-a luat diploma de scafandru. În acelaşi timp, voia să fie sigur că pata brună din stânga sa, la zece metri adâncime, era chiar cufărul piratului.

Totuşi, respectând codul, s-a apropiat de apele tulburi în care Axel îşi mişca trupul. Acesta, după surparea pietrelor, îşi prinsese picioarele într-o falie a stâncii. Văzându-l pe Chris, i-a făcut semne de mare suferinţă.

— OK, OK, am să te ajut, a explicat Chris din gesturi, dar vreau să recuperez de alături dovada victoriei mele, jetonul cu numărul 1.

Axel a protestat, a făcut ochii mari, a înteţit chemările de ajutor.

„A, nu, mie nu-mi juca teatru! Cunosc trucul: după ce te voi ajuta, ai să scapi din strânsoare, ai să-mi dai un brânci şi ai să te duci glonţ să-mi furi jetonul cu numărul 1. De altfel ai dreptate, nu îţi port pică, şi eu aş face la fel. Dar, în măsura în care am posibilitatea să aleg, am să optez pentru această variantă. Pe curând, număr 2!" a gândit Chris.

În timp ce se îndepăta, Axel a dat şi mai tare din mâini şi din picioare, cu faţa schimonosită, strigând cu riscul de a se îneca.

— Devine isteric la gândul că va pierde, s-a amuzat Chris aruncând o ocheadă spre rivalul său.

Fără să se grăbească, a deschis, nu fără efort, capacul greu al cufărului care acoperea jetoanele de aramă, l-a căutat pe cel cu numărul 1, l-a găsit şi l-a băgat în buzunar, apoi s-a îndrept încet, vesel spre Axel.

Când s-a apropiat la câţiva metri a observat un detaliu anormal: bule de aer ieşeau din spatele lui Axel, nu din masca lui, iar trupul nu i se mai zvârcolea. Ce se întâmplase?

A simţit un fior pe şira spinării. Nu cumva tuburile de oxigen au fost smulse în cădere? Cuprins de panică, i-a tras lovituri repetate cu labele de scafandru. Prea târziu: Axel, cu pleoapele închise, gura căscată, fără viaţă, rămânea nemişcat. Stâncile care îi prinseseră picioarele îl reţineau în adânc.

În acel moment Chris a zărit o umbră în depărtare. Kim căuta ultima bornă.

Pianistul a gândit repede: fie rămânea şi trebuia să explice de ce nu l-a ajutat pe Axel, fie pleca discret, lăsându-l pe Kim să descopere cadavrul.

Fără să stea prea mult pe gânduri, a pătruns în recifele de corali ca să nu fie observat de Kim care, pentru moment, înota într-o direcţie greşită. S-a strecurat până pe plajă, s-a ascuns îndărătul palmierilor, a lăsat echipamentul, supraveghind marea şi uscatul de unde putea să se ivească dintr-o clipă într-alta un alt participant la cursă.

Apoi a alergat spre bicicletă, s-a felicitat că o ascunsese de Kim, care nu putea pretinde că el, Chris, se găsea în împrejurimi, şi a pedalat furibund. La capătul puterilor, cu inima bătându-i gata să îi spargă pieptul, a ajuns în campus şi a trecut, victorios, linia de sosire.

Studenţii care nu participaseră la cursă sau o abandonaseră l-au felicitat. Paul Brown, cu pielea lui de roşcat inflamată de soare, cu fruntea lac de sudoare şi subsuorile umede, a înaintat spre el zâmbind:

— Bravo, Chris! Nu mă mir. Pariurile mele au ezitat între Axel şi tine.

— Mulţumesc.

— Cine este după tine?

— Nu ştiu. Ultima oară era Kim. La un moment dat l-am văzut şi pe Axel apropiindu-se, apoi s-a îndepărtat. Cred că Axel şi Kim îşi dispută locul al doilea, dar mult în urmă. La proba finală, când am părăsit golful, nu ajunseseră încă.

În sinea lui s-a felicitat pentru şiretenie: spusese o minciună prin care era acreditată absenţa lui de la locul accidentului şi care îl exonera de orice responsabilitate. Paul a dat din cap şi a făcut semn unuia dintre asistenţi să aducă bagajele.

— Ştii, micule Cortot că trebuie să pleci curând, poate chiar înainte de sosirea celorlalţi?

— Ştiu. De ce crezi că sunt primul?

— Ia-ţi bagajele, vaporul te aşteaptă. Bravo. Îţi urez să ai o viaţă frumoasă. O carieră frumoasă, n-are rost să mai lungesc urările, ştiu că vei obţine.

L-a îmbrăţişat pe tânăr americăneşte, strângându-l la piept şi bătându-l pe spate. Chris, dezgustat de pântecele flasc, a hotărât că la vârsta lui Paul îşi va interzice să se îngraşe.

— Mă bucur că te-am întâlnit, Chris.

— Şi eu sunt încântat, Paul... încântat.

Atât de tare se grăbea să plece, încât îi venea greu să-i răspundă.

În orele care au urmat, în vapor, în jeep, în avion şi-a frământat mintea otrăvit de două sau trei gânduri: să verifice dacă planul său este solid, să răspundă obiecţiilor, să-şi imagineze ce i se putea întâmpla în cel mai rău caz şi să schiţeze o modalitate de a scăpa. Puţin îi păsa de Axel, se gândea la el, numai la el, la eventuala vinovăţie sau, mai degrabă, la ceea ce i s-ar putea reproşa.

Când, în acea zi de 4 septembrie 1980, a pus piciorul în Paris, fără să fi închis ochii şi trecând prin vamă fără să fie luat la întrebări, a crezut că este salvat. „Nu vor veni să mă caute aici, totul este în urma mea. Ura!" S-a dus la toaletă ca să execute un dans al bucuriei, de parcă ar fi câştigat din nou.

În faţa benzii rulante care aducea bagajele, privea lumea din jur binevoitor, în spiritul regăsirii, sedus de pereţii mari şi albi, de podeaua de marmură, de cromul imaculat, de tavanul care filtra lumina pariziană de culoarea mercurului. Brusc, în spatele geamurilor înalte ale holului public şi-a zărit mama. Îl pândea printre ceilalţi călători. Neliniştită de întârziere, angoasată că nu-şi vede unicul fiu, arunca priviri disperate în jurul ei. Câtă disperare! Câtă iubire îndărătul acestei tulburări...

A tresărit.

La Sydney o mamă avea să afle, cu acelaşi chip desfigurat, dispariţia fiului ei.

Fulgerat de evidenţă, şi-a dat seama atunci că Axel tocmai murise şi că el, Chris, este asasinul.

*

În acea lună iunie a anului 2001, domnul şi doamna Beaumont, vânzători de obiecte religioase, nu se mai săturau de sejurul lor la Shanghai.

În fiecare clipă îşi ridicau privirile încântate de la masa de tec unde se îngrămădeau articolele ca să contemple, prin uşa cu geamuri înalte, vag cenuşii, aiuritorul oraş chinezesc adăpostind douăzeci de milioane de locuitori care se pierdea în zare; o îngrămădire de imobile şi de clădiri pe care fuseseră instalate antene parabolice, o pădure minerală fumegândă, în care zgârie-norii ca nişte săbii se luptau cu cerul.

— Vezi draga mea, clădirea aceea strălucitoare, acolo, aceea în formă de fus? Cred că are cel puţin cincizeci de etaje, nu?

— Cel puţin, a confirmat doamna Beaumont.

Domnişoara Mi, într-o franceză fructată, cu sunete scurte şi dulci, îi aduce pe cei doi cu picioarele pe pământ:

— Pot să vă rezum lista, domnule, doamnă?

— Începeţi, a răspuns Beaumont, adresându-se furnizoarei ca un rege care este servit.

— Începeţi, a confirmat doamna Beaumont care îşi luase obiceiul de a repeta un cuvânt al ultimei propoziţii rostite de soţul ei.

Pe carnetul ei, domnişoara Mi bifa cu stiloul fiecare rând al comenzii cu autoritatea premiantei clasei:

— Aţi ales, aşadar, port-chei Sfânta Rita, la promoţie (15 000 de bucăţi din metal, 15 000 din răşină epoxidică), plăcuţe de înmatriculare cu Sfânta Rita (4 000 de bucăţi), mătănii alcătuite din douăzeci şi două de mărgele cu medalia în efigie a Sfintei Rita (5 000 de bucăţi), căni (4 000 de bucăţi), păhărel pentru ouă (4 000 de bucăţi), suporturi pentru lumânări (5 000 de bucăţi) şi boluri (10 000 de bucăţi). Şi, la un preţ de încercare de un dolar se adaugă 100 de baveţele cu

Sfânta Rita pentru copiii îngrozitor de murdari. Nu v-ar interesa această statuie a Sfintei Rita, șase centimetri înălțime, pentru mașină? Soclul adeziv permite să fie fixată oriunde dorește cumpărătorul.

— Cât?

— Patru dolari. Un preț mic, dar o calitate fantastică. Este din metal argintat.

Domnișoara Mi rostise „metal argintat“ cu emfază, ca și când ar fi fost vorba de argint pur.

— Puneți o mie, uneori întâlnim șoferi foarte credincioși, a admis domnul Beaumont.

— Insigne cu Sfânta Rita?

— Ecusoanele nu se mai caută în Franța.

Doamna Beaumont își aduse aminte de ceva:

— Cutiuțele?

— Cuti... ce? a întrebat domnișoara Mi care nu înțelegea cuvântul.

— Cutiile pentru medicamente! Pentru bolnavi! Adepții Sfintei Rita, sfânta imposibilului, urmează deseori tratamente medicale. După mine, o să dea buzna să cumpere cutiuțe.

— Puneți patruzeci de mii, domnișoară. Și batem palma.

Domnișoara Mi le-a întins comanda pe care, conștient de importanța sa, roșu la față, domnul Beaumont a semnat-o.

— Poate vom avea onoarea să-l salutăm pe domnul Lang?

— Desigur, de vreme ce preşedintele v-a promis, a aprobat domnişoara Mi.

— Facem afaceri împreună de multă vreme, a reluat domnul Beaumont. M-aş bucura să îi pot strânge mâna.

— Misteriosul domn Lang, a susurat doamna Beaumont.

Domnişoara Mi s-a ferit să dea un răspuns; în opinia ei, domnul Lang, patronul, nu avea nimic misterios, dimpotrivă, era, fără nici o îndoială, cel mai mare ticălos pe care îl întâlnise vreodată.

A sunat-o pe secretara preşedintelui, apoi i-a lăsat pe cei doi Beaumont în încăpere.

În timp ce admirau panorama, un bărbat a intrat în cameră, chiar în spatele lor.

— Bună ziua, a rostit o voce subţire.

Cei doi Beaumont s-au întors gata să împartă amabilităţi, dar, văzându-l pe individul care îi privea din fotoliul cu rotile, elanul li s-a oprit brusc.

Îmbrăcat în haine închise la culoare, pătate de grăsime, cu o barbă de trei zile care îi mânca tenul bolnăvicios, domul Lang îşi ascundea ochii îndărătul unor ochelari negri, părul – dacă îl avea – sub o pălărie fără formă, iar sentimentele – dacă le avea – îndărătul unui chip impasibil. A pornit fotoliul cu rotile electric folosindu-se de mâna stângă, nu se ştia ce se întâmplase cu picioarele şi cu mâna dreaptă, dar se putea constata că erau ţepene, slabe, atrofiate. Nu era un bărbat, ci graffiti-ul unui bărbat, o schiţă, o ciornă, un avorton.

— Vreți să vizitați atelierele noastre?

Scârbită, doamna de Beaumont a gândit că o făcea înadins, da, vocea aceea scârțâitoare, fără timbru, la fel de neplăcută ca zgomotul unei unghii pe un geam, era intenționată. A cuprins bicepsul soțului ei și și-a înfipt degetele.

— Vreți? a insistat Lang, agasat de tăcerea cuplului de francezi.

Domnul Beaumont s-a scuturat de parcă s-ar fi trezit din somn.

— Cu plăcere.

— Plăcere... a bălmăjit doamna Beaumont.

Domnul Lang a lunecat rapid spre ascensor, ceea ce însemna o invitație spre a fi urmat de doamna și domnul Beaumont, care s-au privit: erau înghețați, cuprinși de o senzație difuză de neplăcere, nu mai reușeau să se comporte normal, nu resimțeau compasiunea sinceră pe care o stârnea în ei, de obicei, prezența bolnavilor, ghiceau în Lang o asemenea ostilitate mânioasă, încât îi reproșau că este infirm, acuzându-l că a adăugat la ceea ce avea deja această provocare – o agresivitate deliberată, un rafinament al insolenței.

La subsol, Lang a țâșnit din ascensor, furios că a trebuit, câtă vreme au coborât cele douăzeci și cinci de etaje, să împartă aerul cu acești turiști, și a arătat spre atelierul iluminat de neoane unde lucrau vreo sută de muncitori chinezi.

— Iată locul unde ne fabricăm marfa.

— De ce Sfânta Rita? a întrebat domnul Beaumont cu o politețe onctuoasă.

A aruncat o privire victorioasă către soție, căci era convins că această întrebare abilă îi va permite domnului Lang să explice originea infirmității sale și, făcând-o, se va mai umaniza puțin.

— Piața era liberă, a răspuns acesta fără să clipească.

— Poftim?

— Da, Isus și Sfânta Maria domină piața. În Europa, sfinții nu mai sunt la modă, cu excepția Sfintei Rita și a Sfântului Jude, dacă îi folosești ca o strategie de marketing.

— Sfântul Jude?

Domnul și doamna Beaumont nu auziseră niciodată de acest sfânt și nici nu vânduseră vreun obiect care îl reprezenta.

— Sfântul staționării! Sfântul Jude este sfântul căruia trebuie să i te rogi când nu găsești loc de parcare: nu este prea cunoscut, are timp să se ocupe de credincioși.

— A, da? Și merge?

— Glumiți! Vă povestesc ce-l face să se vândă. Domnișoara Mi nu a făcut-o?

— Nu.

— Idioata! Mâine o dau afară.

Doamna Beaumont a pălit descoperind ceea ce scotea dintr-un mulaj un muncitor, chiar în fața ei.

— Dar... dar... dar...

— Da, producem și așa ceva, a aprobat domnul Lang, accesorii pornografice. Vă interesează?

Domnul Beaumont s-a apropiat şi el de falusul din plastic aşezat între fese feminine din silicon.

— O! Ce scârbos!

— Greşit, a replicat Lang, sunt articole excelente, de aceeaşi calitate ca accesoriile noastre religioase. Când este pregătit mulajul, se folosesc aceleaşi materiale şi aceleaşi tehnici.

— Este o insultă! Să te gândeşti că sfintele noastre Rita sunt fabricate alături de aceste… şi de aceste…

— Sfânta Rita şi noi toţi, domnule! Achiziţionaţi en gros numai obiecte religioase? Păcat, fiindcă odată ce eşti în afaceri…

A sunat telefonul. Lang a ascultat ceea ce i se comunica, nu a răspuns, a închis apoi, fără să-i pese de cei doi Beaumont, a zis:

— Urc.

Abia au avut timp francezii să articuleze o vorbă de rămas-bun, că uşile ascensorului s-au închis în spatele lui Lang.

Ajuns în birou, s-a năpustit asupra secretarului său particular, un coreean de douăzeci şi cinci de ani, lung ca o feştilă.

— Ei?

— L-am reperat, domnule.

Era pentru prima oară când secretarul şi-a văzut patronul zâmbind: gura domnului Lang s-a lăţit într-un rânjet.

— În sfârşit!

Convins că îi va face pe plac patronului, secretarul a furnizat informațiile pe care le deținea.

— Nu lucrează în domeniul pe care îl știam. Ne-ați indicat muzica clasică, nu-i așa?

— Da. Și ce face? A trecut la varieteu?

— Activitatea lui nu mai are nimic de a face cu arta. Iată pliantul cu date despre locul unde muncește.

Domnul Lang a luat pliantul. El, atât de impenetrabil de obicei, nu s-a putut împiedica să nu ridice sprâncenele foarte mirat.

— Sunteți sigur că este el?

— Categoric.

Lang a clătinat din cap.

— Vreau să merg acolo. Imediat. Fă-mi o rezervare pentru avion.

Secretarul s-a strecurat în spatele biroului și a ridicat receptorul.

— Aș dori să rezerv un bilet pentru Franța. Pentru Annency... Nu există un zbor direct? Sunteți sigură? Există un zbor Shanghai–Paris, apoi Paris–Grenoble și se închiriază o mașină până la Annency? Sau Shanghai–Geneva și, de acolo, cu taxiul până la Annency?

A acoperit receptorul cu podul palmei și l-a întrebat pe patron:

— Este în regulă, domnule?

Nababul articolelor religioase și pornografice a dat din cap în semn că este de acord.

— De acord, a continuat secretarul. Shanghai–Geneva. Cât mai repede cu putință. Business. Numele este Lang. Axel Lang.

Îndreptându-și fotoliul cu rotile spre fereastră ca să poată profita mai bine de lumina zilei, Axel sucea și răsucea prospectele primite de la secretar, încercând să-l distingă în fotografiile minuscule pe bărbatul pe care îl căuta de ani de zile și a cărui amintire îl obseda de douăzeci de ani.

Sunil, kinetoterapeutul său, un colos adipos, fost campion de judo, a întrerupt această examinare bătând din palme.

— Este timpul pentru ședința dumneavoastră de kinetoterapie, domnule.

Câteva minute mai târziu, cu pielea unsă, Axel primea îngrijirile zilnice pe care i le impunea recuperarea. Sub el, într-un orificiu din masa de masaj, destinat ochilor și gurii, pusese pliantul pe care îl învăța pe dinafară îngânând o melodie.

— Păreți mai binedispus decât de obicei, domnule Lang.

„Ce se bagă, cretinul ăsta? a bombănit Axel. Ce-l privește dacă azi sunt mai binedispus ori mai prost dispus decât în alte zile? Tâmpitul este maseur, nu psihiatru!"

După cinci minute, cum Axel fredona iar, fostul judoka, din simpatie, și-a permis să mai întrebe încă o dată, crezând că pacientului său i-ar fi pe plac să-i împărtășească emoțiile.

— Ce anume vă înveseleşte, domnule Lang?

— O promisiune. M-am jurat că, de îndată ce o să fac primul miliard, îmi voi îndeplini un vis. Visul meu.

— A, da? Vă felicit, domnule. Adică, pentru miliard.

— Mă doare, imbecilule!

— Mă iertaţi. Şi care este acest vis, domnule?

— Să merg în Franţa.

— Este de înţeles...

— La Annency.

— Nu cunosc.

— Nici eu. La vila Socrate.

— Vila Socrate? Ce-i asta? a întrebat maseurul cu voce tărăgănată. Un restaurant? Un centru de talasoterapie? O clinică de top?

— Nimic din toate astea. Pur şi simplu locul unde o să mă răzbun. Ezit între supliciu şi crimă.

— Domnule Lang, ce amuzant sunteţi!

Râsul colosului suna fals; în hohot părea că se distinge mai multă prostie decât veselie. Axel, masat şase luni de Sunil, s-a gândit că nu mai suporta seninătatea, calmul lui de fost luptător, conversaţia decerebrată şi mâinile lui umede. Mâine, înainte să plece, îl va concedia.

Liniştit, a examinat iar fotografiile pliantului în care adulţii erau surprinşi ţinându-se pe după umeri. Unde era? Care dintre aceşti bărbaţi era Chris? Cum arăta Chris acum?

*

Din boxe se auzea discret, timorat, concertul *În memoria unui înger*. Amintirea unei muzici mai degrabă decât o muzică prezentă. În camera sa de la mansardă, Chris avea grijă să nu dea volumul tare căci, în această casă de lemn, sunetele răzbăteau dintr-o cameră în alta; nu dorea ca vreunul dintre adolescenții de care se ocupa la vila Socrate să vină să-l agreseze criticându-i gusturile, nu fiindcă i-ar fi fost rușine că ascultă acea bucată muzicală, ci pentru că aparținea vieții sale intime, iar el nu își împărțea viața intimă cu nimeni.

Hârâită din cauza aparatului ieftin, vioara își reducea amploarea, iar orchestra era prinsă într-o magmă sonoră, dar de ajuns ca să ghicească muzica, să-și elibereze amintirile. Chris asculta CD-ul așa cum privești o fotografie cu imaginile șterse și făcea din muzică temeiul reveriei sale.

De când murise Axel, nu încetase să se gândească la el. La început, totul se limita la un firicel minuscul de apă, un fir de apă din memoria sa, dar, cu timpul, pârâiașul se lărgise și devenise puternic asemenea unui fluviu. Axel, încremenit în geniul, bunătatea, perfecțiunea lui, avea de acum înainte un loc esențial în mintea lui Chris, era o icoană, un sfânt, aproape un zeu pe care el, ateu, îl asculta atunci când avea o dilemă.

Așezat la biroușul lui, Chris contempla spectacolul său preferat, peisajul care se schimba neîncetat de la un anotimp la altul. De la lucarnă se vedeau mai mult apa și aerul decât pământul. O fereastră deschisă spre infinit? La baza pantei, lacul Annency dormea sub un cer pur pe care se roteau vulturii. Pe versanții de pe malul opus, casele dintre brazi păreau dale în mijlocul unei poieni întunecate, în timp ce de sus, fantomatice din cauza distanței, vârfurile albe semănau cu niște turme care păşteau.

— Hei, Chris, vino repede, avem o problemă.

Laura, cu blugi tăiați şi tricou lălâi care o făcea şi mai slabă, intrase pe uşă.

A urmat-o în tăcere, ca să nu-i audă locatarii vilei, au intrat în biroul directorului, singura încăpere izolată acustic a vilei.

Montigngault, întemeietorul aşezământului, i-a reunit pe cei şapte instructori şi i-a anunțat:

— Karim, ultimul sosit, a fugit. Nu a fost văzut în dimineața aceasta nici în camera lui, nici în atelier, nici în garaj.

— Trebuie să anunțăm poliția, a sărit Laura.

Montignault s-a încruntat.

— Să amânăm asta cât mai mult cu putință, Laura, să-l căutăm mai întâi. Nu este bine să trimitem poliția pe urmele unui puşti care, până să ajungă la noi, i-a fost client fidel. Fie se va ascunde mai bine, fie îi va ataca, fie, dacă va fi prins, ne va urî, asimilându-ne polițiştilor. Ar fi contraproductiv. Am pierde, în orice caz, orice influență asupra lui.

Cei prezenți, inclusiv Laura, au fost de acord. În acest centru consacrat adolescenților cu probleme – drogați, bătuți, violați, delincvenți – instructorii, pasionați de meseria lor, nu-şi cultivau egoul şi acceptau să nu aibă dreptate. Mai mult decât ei conta adolescentul.

— Îmi închipui că unii dintre voi au putut să comunice cu el. Cine îl cunoştea un pic mai bine?

Chris a ridicat braţul.

— Da, Chris. Dă-ne indicii.

— Mă tem că nu este vorba de o fugă.

— Ce vrei să spui? a întrebat Montignault neliniştit.

— Karim are impulsuri sinucigaşe.

Afirmaţia a fost primită cu o tăcere consternată. Imediat, instructorii experţi au luat loc la birou şi au început să analizeze mijloacele pe care le-ar putea folosi Karim ca să-şi pună capăt zilelor.

Douăzeci de minute mai târziu, Chris se îndrepta spre calea ferată de lângă vila Socrate. Ca să aleagă o variantă, se pusese în locul lui Karim, un băiat crescut într-un cartier defavorizat. Mai mult decât o pulsiune spre moarte, era vorba de un demers regresiv, un act de recuperare a confortului infantil; tânărul reperase în acest peisaj alpin, atât de exotic pentru el, un loc anume care să-i amintească de locul său de origine, periferia pariziană. Ce putea fi mai comun decât calea ferată? Acelaşi miros la oraş ca şi la ţară, un amestec de cărbune şi deşeuri organice. Aceleaşi panouri deasupra barelor de oţel. Acelaşi pericol dacă se iveşte o locomotivă.

A coborât de-a lungul râului îngust care spumega în albia lui pietroasă în care, pe alocuri, se clătina o masă de verdeață. Un vânt înghețat îi tăia fața. Nu mai exista nici un dubiu: iarna era aproape.

Ajuns pe marginea şinelor, Chris a privit la dreapta şi la stânga şi nu a văzut pe nimeni.

Brusc s-a gândit că, ceva mai departe, exista alt element care l-ar fi putut atrage pe puşti: podul rutier de deasupra tunelului feroviar. Aducându-şi aminte, Chris nu a mai avut nici o îndoială: Karim trebuia să fie acolo, aşteptând sosirea unui tren ca să se arunce înaintea lui.

În pas alergător, dar având grijă să nu fie văzut, a parcurs kilometrul care îl despărțea de pod. Nu se înşelase! Pe pod a zărit o siluetă care privea în zare.

Îndreptându-se spre Karim, care stătea întors cu spatele, Chris nu i s-a adresat decât atunci când a fost la câțiva centimetri în spatele lui.

— Karim, cred că în dimineața asta totul te supără.

Adolescentul s-a întors ezitând între furia de a fi descoperit, surpriza de a-l recunoaşte pe Chris, instructorul care îi era simpatic, şi emoția pe care i-o provocase fraza rostită de acesta.

— Eşti supărat, nu-i aşa? a continuat Chris.

Lui Karim îi venea să răspundă că da, asta e, dar nu voia să recunoască şi nu voia să răspundă nimănui.

— E viața ta Karim, faci ce vrei cu ea.

Băiatul răzvrătit era impresionat că instructorul îi citise gândurile.

— Nu vreau să-ți tulbur hotărârea, nici clipele pe care le petreci aici. Problema este că o să rămân cu tine şi că, dacă vine un tren, o să te împiedic să sari. Da, ştiu, sunt naşpa.

Karim s-a întors enervat de atâta înţelegere.

— Ştii ce, Karim: hai să îţi fac cinste cu ceva de băut acolo.

Şi a arătat cu degetul un han, undeva deasupra lor, vizibil deşi minuscul, un punct roşu în mijlocul pantei abrupte.

— Stăm un pic de vorbă, iar pe urmă faci cum vrei.

— O să mă întorc aici! a strigat Karim, ca să arate că nu este nici papagal, nici fricos.

— Bine, a conchis Chris. Dacă vrei, te întorci aici şi am să te las în pace. Dar mai înainte, hai să bem o cafea sau o ciocolată caldă.

— Juri că mă laşi naibii în pace după-aia?

— Jur!

Orgoliul lui fiind respectat, Karim, l-a urmat cu mâinile în buzunare, umerii căzuţi şi capul plecat, ceea ce însemna: „Vin cu tine".

De pe terasa hanului, un bărbat urmărise scena şi părea foarte interesat de întâlnire. Când a observat că cele două siluete se îndreptau spre el, şi-a manevrat fotoliul cu rotile şi a intrat în han unde s-a aşezat între doi stâlpi, un loc în care spera că nu îl vor observa.

Intrând în sala cu perdele şi feţe de masă în pătrăţele roşii şi cu tălăngi aşezate pe glafuri, Karim a înţeles că este vorba de o cafenea cu ajutorul a două detalii: aparatul de cafea din spatele tejghelei şi flipperul din apropierea toaletelor.

Chris a comandat două ciocolate calde, iar cei doi şi-au lipit palmele îngheţate de ceştile din ceramică înainte să bea.

— De ce vrei să mori?

— Fiindcă nu-s bun la nimic. Fac numai prostii.

— Câţi ani ai?

— Şaişpe.

— Atunci să spunem că ai făcut prostii până la şaisprezece ani. După aceea ai să...

— Nu zău? Când eşti de fier, rămâi de fier. Când eşti de lemn, rămâi de lemn. Când eşti de rahat, ca mine, rămâi de rahat.

— Fals. Te schimbi. Eu sunt dovada.

— Tu? Tu ai fost mereu aşa.

— Crezi că am fost mereu genul saint-bernard, care se gândeşte la ceilalţi înainte să se gândească la el? Să ştii că, la vârsta ta, mă durea în cot de ceilalţi, îi călcam în picioare, nu mă gândeam decât la mine.

— Spui asta ca să mă...

— Spun asta pentru că este adevărat. Karim, nu eşti rău pentru totdeauna; dacă devii conştient de asta, îţi poţi ameliora situaţia. Suntem liberi Karim, liberi!

— Liber? Eu? Cum fac anii, cum mă vâră la pârnaie. Şi pe bună dreptate. Vreau să se termine înainte să se întâmple asta.

— Nu crezi în mântuire?

— Ce tot vorbeşti?

La doi metri de ei, fără să piardă un cuvânt, Axel respira din ce în ce mai greu. S-a ascuns şi mai mult în fotoliul său cu rotile, în ungherul unde se afla, ca să poată asculta în continuare fără să fie văzut.

— Schimbă-ți destinul, Karim. Un hoț poate să devină cinstit, un asasin să înțeleagă ce rău a făcut și să nu mai repete isprava. Karim, deși ai debutat cu vandalism, tâlhării, stricăciuni și trafic de heroină, asta nu înseamnă că nu te poți îndrepta. Dovada – îți este silă de tine. Unul cu adevărat rău consideră că este bun. La fel, tâmpiții nu știu că sunt tâmpiți. Tu, iartă-mă, ai trecut la nivelul superior. Am încredere în tine, Karim. Cât voi putea, te voi ajuta, îți dau cuvântul meu.

Au tăcut. Pe Karim îl încălzeau ciocolata și cuvintele lui Chris.

Karim, ca să nu pară slab, ca să rămână – conform criteriilor sale – pe poziții, a atacat din nou.

— Cine ești tu? De ce te ocupi de mine? Nu ești fratele meu!

— Nu direct.

— Ce vrei să spui?

— Că pot să mă simt fratele tău chiar dacă nu avem același sânge.

— Prostii! Frații sunt numai de sânge, restu-i vrăjeală!

— A, da? Dar, n-ai văzut, în cartierul tău, frați bătându-se ori urându-se? Și, ce au făcut frații tăi, familia ta, pentru tine?

— Ei sunt prea mici, eu sunt fratele cel mare.

— Și vrei să îți iei viața? Bravo, fratele cel mare ideal!

— Bine... mă privește ce o să fac.

— Nu tocmai. Ştii povestea celor doi fraţi, Cain şi Abel?

— Ce vorbeşti! E în Coran.

— Este şi în Biblie. Fiii lui Adam şi ai Evei trăiau paşnic până la faimoasa ceartă din cauza ofrandelor. Abel, îi oferă lui Dumnezeu roadele muncii sale de păstor: un taur şi un berbec, iar Cain, fructe şi legume, pentru că este agricultor. Totuşi, Dumnezeu, nu se ştie de ce, primeşte ofranda lui Abel, dar o refuză pe cea a lui Cain. Aşa este viaţa, nedreaptă, imprevizibilă, inegală. Trebuie să o acceptăm. Dar Cain, foarte orgolios, nu acceptă, se revoltă. Dumnezeu îl ceartă şi îi spune să se potolească. El, nimic, o ţine pe-a lui! Furios, îşi ucide fratele pe care devenise gelos. La locul faptei – era deja mult prea târziu – Dumnezeu îl întreabă de ce. Cain i-o întoarce: „Sunt paznicul fratelui meu?" Ei bine, da, era, însă nu înţelesese acest lucru, nu se gândise la marea familie umană. Orice om este responsabil faţă de alt om, faţă de fratele lui, faţă de ceilalţi. Să ucizi înseamnă să uiţi asta. Să fii violent înseamnă să uiţi acest lucru. Eu nu vreau să uit: sunt paznicul tău, Karim, şi nu te voi lăsa să cazi. Iar tu eşti paznicul fraţilor tăi mai mici: nu numai că nu trebuie să-i abandonezi, trebuie să-i ajuţi.

— OK… Şi dup-aia?

— Dumnezeu îl trimite pe Cain într-un ţinut unde va munci, măcinat de remuşcări, şi va avea urmaşi; toată omenirea e din stirpea lui. Ceea ce înseamnă că violenţa nu împiedică progresul. Ceea ce înseamnă că nu există viață fără violență; trebuie numai s-o strunești.

— Când am spus „dup-aia", vorbeam de mine, nu de Cain!

— Te întorci cu mine, ai încredere în mine, ai încredere în tine. Poate vei deveni cel care ești, adevăratul Karim, nu cel fabricat de derbedeii care fac legea în cartierul tău.

— Tu crezi în Dumnezeu?

— Nu, dar îmi plac poveștile care mă fac să mă simt mai puțin singur și mai puțin prost.

— Eu cred ! a exclamat Karim, mândru să-și exprime convingerea, superioritatea.

Din atitudinea lui Karim, Chris a înțeles că reușise: adolescentul nu avea să se arunce înaintea trenului.

Nu mult după aceea au plecat și, umăr la umăr, au luat-o pe cărarea ce urca, spre vila Socrate.

Axel s-a aplecat să-i privească până s-au pierdut în depărtare. Dezamăgit! Era singurul cuvânt care îi venea în minte, dezamăgit, da, profund dezamăgit, fiindcă nu-și imaginase să-l găsească pe Chris într-o asemenea postură.

Simțea că și el se schimbase.

Unde era jubilația pe care se așteptase să o simtă? De ce nu-l mai entuziasma bucuria neagră de a lovi în curând? Trebuia să-și revină...

*

Deşi piscina cu geamuri mari fusese concepută pentru a da impresia celor care se scaldă că o fac în mijlocul naturii alpine, lângă poieniţă şi lacul întins pe pământ, sub privirea calmă a munţilor cu vârfuri de zăpadă, în acea zi părea izolată de lume, căci aburul înceţoşase sticla, obturând orice vedere spre vale.

Câţiva înotători străbăteau bazinul mare, cu lunecări suple, indiferenţi unii faţă de ceilalţi. Un bătrân ca o insectă: cu abdomenul umflat deasupra unor picioare rahitice, în picioare, lângă trambulină, îşi mişca braţele în cercuri lente. Cocoţat pe un scaun înalt, care îi permitea să supravegheze locul, un instructor de înot, spân şi cu coapse groase şi flasce, moţăia cu fluierul în gură, ca un bebeluş foarte mare care îşi suge biberonul.

Acoperit cu un prosop, Axel fusese adus de un angajat care împinsese fotoliul cu rotile până la marginea micului bazin, iar acum îl privea pe cel care îl obseda.

În apă, Chris se ocupa de o octogenară reumatică. Ţinând-o în braţe cu blândeţe, folosea uşurinţa pe care o permite imersiunea ca să facă mişcări cu neputinţă de făcut pe sol, s-o fortifice, să-i deblocheze articulaţiile, să-i întindă muşchii şi tendoanele. Această disciplină se numea „kinetoterapie acvatică“, o metodă recentă, pe care Chris nu o inventase, dar era unul dintre puţinii care o practicau.

Axel remarcase acest detaliu la hotel, când primise un infirmier ca să-l ajute în fiecare zi. În lista propusă de director, observase numele lui Chris sub rubrica: „Nou: masaj acvatic“.

— Da, este un tip care munceşte la vila Socrate ca instructor, ştiţi, centrul pentru adolescenţii cu probleme, îi confirmase recepţionerul. De parcă există adolescenţi fără probleme, în fine, să trecem peste asta! Nu pot decât să vi-l recomand pe Chris. Toată lumea este mulţumită de el. Să vă programez?

— Pe numele hotelului, vă rog, nu pe al meu.

Axel voia să profite de această întâlnire. Dacă şi-ar fi trâmbiţat numele, ar fi fost identificat rapid; în schimb, dacă se întâmpla să nu fie recunoscut de prima dată, surpriza promitea să fie savuroasă.

Profitând de concentrarea extremă a lui Chris, Axel îl studia fără să fie văzut. Câtă bunăvoinţă! Câtă amabilitate faţă de dinozaurul cu carnea încreţită... O necunoscută în plus... Era răbdarea întruchipată. Aplecat asupra chipului ofilit, mişcând acel trup asemenea unui dansator îndrăgostit, care îşi privea partenera în ochi, redându-i harul mişcării. Şi ce fizic... La patruzeci de ani, bronzat, cu riduri fine ca nişte tăieturi la colţul ochilor, Chris îşi păstra pletele din tinereţe şi nu pusese un dram de grăsime pe el: musculatură vizibilă, puternică, abdomen plat, umeri laţi, talie îngustă, pieptul cu o pilozitate rară, precisă, asemenea unui machiaj care umbrea baza abdomenului şi sublinia pectoralii. Axel se uita la el cu egală fascinaţie şi iritare, fiindcă nu putea să nu se compare cu el. Cel mai mult îi invidia picioarele, ca trase la strung sub un fund ferm; Axel nu mai pretindea aşa ceva de la accidentul său, fiindcă pulpele și fesele, lipsite de funcțiile lor din pricina paraliziei, se topiseră, se atrofiaseră.

— Din cauza cui? a șoptit el mânios, masându-și cu mâna stângă picioarele înțepenite ca niște bare de fier.

Splendoarea atletică a lui Chris i-a întărit hotărârea: nici o milă.

În timp ce, cufundat în gândurile sale, își repeta argumentele răzbunării, Chris l-a surprins atingându-i brațul.

— Este rândul dumneavoastră, domnule!

Axel a ridicat privirea neliniștit. Dacă va fi imediat recunoscut de Chris?

— Numele meu este Chris și am să vă masez timp de o oră, este bine așa?

Axel a dar din cap.

— Cum vă numiți, domnule?

Axel a rostit primul nume care i-a venit în minte.

— Alban.

Și-a mușcat buzele. Ce tâmpenie! Spusese „Alban" pradă unor amintiri comune, pentru că interpretase în fața lui Chris concertul *În memoria unui înger* de Alban Berg! Cu gafa aceasta – Alban! – atât de evidentă, Chris avea să-l identifice imediat!

— Alban, am să vă ajut să intrați în apă. Dați-mi voie să împing fotoliul cu rotile apoi să vă iau în brațe ca să coborâm scările. De acord?

— Ăăă... de acord.

Chris nu-l recunoscuse. Privindu-l cu coada ochiului a înțeles de ce: nu numai că nu se aștepta să-l vadă, dar afişa un comportament ultraprofesional; grijuliu să nu pară niciodată şocat sau dezgustat de o infirmitate ca să nu-l umilească pe pacient, îşi îndrepta atenţia asupra detaliilor tehnice: să îndepărteze prosopul, să dea la o parte suporturile din oţel pe care Axel îşi sprijinea picioarele, să-l apuce cum trebuie de şolduri.

Liniştit, Axel a hotărât să se destindă şi s-a lăsat purtat de braţele lui Chris.

Odată intraţi în bazin, l-a întrebat dacă existau contraindicaţii, gesturi de evitat. Axel a clătinat din cap. Atunci Chris l-a rugat să închidă ochii şi a început terapia, explicând cu voce calmă fiecare mişcare.

Şoaptele acestea rostite în ureche au sfârşit prin a-l tulbura pe Axel. De regulă, două fiinţe şoptesc, ţinând ochii închişi, şi două trupuri aproape goale se ating, atunci când este vorba despre o relaţie amoroasă. Or, el se găsea în braţele celui mai mare duşman al său, bărbatul care, demult, din cauza nepăsării sale arogante, era gata să-l omoare. Absurd… îngrozitor de absurd.

Cu toate acestea, tulburarea nu avea nimic dureros. Dimpotrivă. Cu ajutorul lui Chris, Axel, lipsit de propria-i greutate, avea impresia că este lipsit şi de infirmitatea sa. Plutea, se învârtea, se întorcea. Această şedinţă neaşteptată, benefică, îi trezea senzaţii de odinioară, din copilărie, primele scalde împreună cu tatăl său în piscina din Sydney, trupul său firav lipit de cel imens, impozant al adultului, incursiunile în apa albastră a Pacificului de la Whitehaven Beach, cu el agăţat în braţele acelui bărbat, băieţaşul emoţionat de acest contact.

Cât de bizar era să simtă această încredere, carne lipită de carne, restituită de asasinul său... Şi dacă revanşa lui s-ar reduce la aceasta: să se lase astfel purtat în fiecare zi, până la ultima, de către Chris, devenit sclavul său... Cel puţin ar fi un supliciu – pentru cel care se răzbună, ca şi pentru victima lui – care ar ieşi din tiparul obişnuit.

— Alban, cum vă simţiţi?

Axel a deschis ochii. Chris, care îşi legăna pacientul în braţe, era la douăzeci de centimetri de faţa lui.

— Bine, foarte bine.

Privirile li s-au întâlnit, apoi Chris a arătat spre picioarele lui Axel.

— Ce vi s-a întâmplat?

— Un accident, acum douăzeci de ani.

Chris a tresărit. Nu fiindcă ghicise identitatea lui Axel, ci pentru că această perioadă de timp, douăzeci de ani, îi trezea amintiri. Axel s-a grăbit să-i distragă atenţia:

— Cum v-a venit ideea să studiaţi acest tip de masaj?

— Eh, nu ştiu prea bine... Voiam să descopăr un lucru bun care se poate face în apă.

— De ce? Se pot face şi lucruri rele în apă?

Chris, care s-a îndepărtat ca să răspundă zâmbetului unei înotătoare ajunsă la duşuri, nu a răspuns.

— Eu am avut accidentul în apă, a continuat Axel.

Chris s-a întors şi, crispat, l-a privit mai întâi perplex, apoi bănuitor, pe urmă neliniştit, iar în cele din urmă oripilat. Axel i-a înfruntat privirea. Vedea cum Chris înțelege ce se întâmplă; ca şi cum un văl s-ar fi ridicat de pe memoria sa, lăsând lumina să pătrundă. A înghițit în sec şi a şoptit:

— Tu eşti, Axel?

— Da.

Ochii i s-au umplut de lacrimi. Făcea eforturi să nu zâmbească.

— Dar... trăieşti?

— Ce credeai? a strigat Axel.

Australianul nu bănuise, vreme de douăzeci de ani, această ipoteză, crezând că duşmanul său aflase ceea ce se întâmplase după înec.

— Am crezut că...

— Par eu mort? Mai degrabă am aerul unui infirm, nu? Am fost reanimat după ce m-au scos din apă, am zăcut cinci luni în comă iar când m-am trezit eram o legumă. A trebuit să învăț totul – nu, să reînvăț –, să vorbesc, să scriu, să număr, să mă deplasez. În ceea ce priveşte mintea, n-am suferit nici o pierdere. Însă...

I-a arătat mâna dreaptă înțepenită.

— Nici vorbă să mai cânt la vioară.

I-a arătat picioarele.

— Nici vorbă să mai fac sport.

I-a arătat slipul din care atârnau picioarele de mormoloc.

— Nici vorbă să mai fac sex. Şi-aşa, de-abia apucasem să ştiu ce înseamnă.

Copleşit de această mărturisire, lui Chris i s-a făcut brusc ruşine să-l atingă pe Axel. L-a pus cu grijă şi cu respect pe treptele bazinului.

— Sunt atât de bucuros că trăieşti, atât de bucuros!

A examinat acest trup decăzut şi l-a cuprins un freamăt: bietul Axel, chipul său echilibrat şi ireproşabil de odinioară dispăruse, lăsând loc unei măşti aspre, ale cărei trăsături chircite spre stânga nu mai arătau sentimente, ci doar urmele accidentului!

— Crezi că mă vei ierta cândva?

— Ar schimba ceva? a replicat Axel ostil.

Chris a căzut pe gânduri.

— Ar schimba ceva? Aş primi înapoi trupul, muzica, anii pierduţi dacă te-aş ierta? a insistat Axel cu încăpăţânare, simţind cum furia clocoteşte în el.

— Nu...

— A, ar schimba ceva în ceea ce te priveşte. Da, desigur, viaţa pentru tine ar fi mai uşoară.

— Nu, eu rămân zdrobit de greutatea greşelii mele.

— Atunci, spune-mi, ce ar schimba? Hai, spune-mi!

Axel nu se mai putea controla şi începuse să ţipe cu o voce ascuţită care se izbea de cupola umedă a piscinei. Bătrânul şi-a oprit mişcările circulare ale braţelor, iar instructorul de înot dolofan s-a aplecat, gata să se ridice din scaun ca să intervină.

Axel şi Chris s-au privit o vreme.

— Ai dreptate. Nu ar schimba cu nimic situaţia, a sfârşit prin a admite Chris.

— A... Aşadar nu te iert. Nu pentru asta am venit.

Chris l-a privit din nou. Şi-a dat seama că, dacă Axel făcuse o asemenea călătorie, avea un plan.

— Ce doreşti?

— Să ne întâlnim la şapte şi jumătate la restaurantul Le Grizzli de lângă hotelul meu.

Întors la vila Socrate, Chris a stat o vreme cu Karim în atelierul de tâmplărie, a mai schimbat o vorbă cu adolescentul, apoi a urcat să se îmbrace pentru seară.

Nu ştia la ce să se aştepte de la acea întâlnire. Nu ştia nici ce anume gândea celălalt despre revelaţia de după-amiază. Supravieţuirea lui Axel era o veste extraordinară, dar nu îl disculpa, departe de aşa ceva; în ceea ce îl privea pe acel infirm excedat, cu glas tăios, al cărui destin fusese frânt, i se părea că moartea fusese înlocuită printr-un supliciu permanent. N-ar fi fost oare mai bine să...

Monstruos! Ceea ce îi trecea prin minte era monstruos. Mai fugea încă o dată de propria-i responsabilitate. Ce laş...

Îi era greu să accepte că Axel, trădat, nu murise imediat. Unica persoană care cunoştea hidoşenia crimei sale supravieţuise; ducea cu ea adevărul de douăzeci de ani. Acest lucru îl copleşea... Chris se dispreţuia.

La restaurant Axel, în fotoliul cu rotile, îl aştepta la o masă.

Au comandat, apoi au început să vorbească. Dacă povestea lui Chris referitoare la întoarcerea la Paris, la brusca luciditate care îl cuprinsese, la decizia de a-şi schimba viaţa, dedicându-se semenilor, a fost scurtă, cea a lui Axel era copleşitoare prin detalii, mai întâi fiindcă nu o istorisise niciodată nimănui, şi apoi fiindcă dorise să se iubească în acea seară şi, poate, fiindcă voia să fie iubit.

Pe măsură ce asculta povestea depănată de Axel, Chris îl descoperea pe cel în care se transformase fostul violonist. Acest lucru îl îngrozea... Unde era îngerul pe care îl cunoscuse? Îndărătul farfuriei se afla doar un om de afaceri crud, lipsit de scrupule, nesfiindu-se să facă trafic, trecând de la comerţul clandestin la cel imoral de vreme ce astfel îşi umplea buzunarele, vânzând jucării pictate cu vopsele toxice şi râzând atunci când era atenţionat în legătură cu moartea copiilor, escrocând statul, exploatând mizeria umană, un magnat cu o existenţă goală, fără iubire, fără prieteni, fără ideal. Plin de vervă, Axel nu-şi dădea seama de efectul pe care îl producea; dimpotrivă, încântat de sine, credea că îl seduce pe Chris. Cu douăzeci de ani în urmă, Chris ar fi admirat această ascensiune, banii, puterea, dar noul Chris, instructorul specializat în consilierea adolescenţilor delincvenţi, nu aprecia acest tip de discurs.

Între aceşti doi bărbaţi de patruzeci de ani se năştea o neînţelegere. Fiecare îşi imaginase o existenţă a celuilalt căreia îi atribuise nişte trăsături clare, definitive.

Pentru Chris, Axel devenise paradigma perfecțiunii, iar pentru Axel, Chris reprezenta un prototip al reușitei. Își construiseră viața luându-l model pe celălalt, cu intenția mai mult sau mai puțin clară de a-l înlocui, de a-l depăși. Iar acum construcțiile lor himerice erau amenințate să se prăbușească.

La desert, Axel a priceput că lăudăroșenia sa alimenta o tăcere ostilă din partea interlocutorului. La rândul lui, înțelesese situația: fiecare se schimbase și detesta ceea ce devenise celălalt. Această aversiune se dovedea cu atât mai violentă, cu cât Chris îi amintea lui Axel de insul generos care fusese, în timp ce Axel îi înfățișa lui Chris profitorul pe care îl stârpise din el.

Au tăcut multă vreme, apoi, oftând, Chris s-a simțit obligat să-l întrebe:

— Axel, de ce ai venit?

— Ca să-ți propun un târg.

— Fie.

— Începând de azi mi te supui.

— Eu…

— Este reparația pe care o cer. Începând de azi, vei îndeplini tot ceea ce îți ordon.

— Dar…

— Nu te oblig. Poți refuza. În acest caz, îmi sun unul dintre avocați, îl anunț că am pus mâna pe tine, redeschidem ancheta și vom demara un proces.

— Dă-i drumul! Denunță-mă. Nu voi nega. Sunt gata să plătesc pentru faptele mele, de mult mă așteptam la asta.

— Nu aşa de repede! Dacă îţi ispăşeşti pedeapsa în închisoare, plăteşti societăţii, nu mie. Nu mă încălzeşte cu nimic să putrezeşti după gratii. S-a făcut dreptate, desigur, dar mie nu-mi aduce nici un folos. Nu vrei să-mi faci un serviciu?

— Ba da, Axel, vreau să-ţi fac un serviciu. Chiar foarte mult.

— Atunci, începând de azi, mi te supui.

— Bine.

— Jură!

— Jur.

Axel a comandat încă o sticlă de şampanie şi a umplut paharele.

— Pentru noi!

— Pentru noi... a replicat Chris, mascându-şi stupoarea.

Axel a dat de duşcă paharul, pe urmă şi-a mai turnat unul.

— Mâine demisionezi. Adio vila Socrate. La miezul nopţii zburăm spre Shanghai. Iată adresa pe care o poţi lăsa celor care vor dori să ia legătura cu tine.

I-a strecurat între degete o carte de vizită scrisă pe o parte în limba engleză, iar pe cealaltă în limba chineză.

În acea noapte, întors în cameră, Chris a deschis din reflex combina muzicală care i-a adus acordurile concertului *În memoria unui înger*. După câteva acorduri, Chris s-a prăbuşit pe pat dorind să plângă, dar nefiind în stare. Transformase un artist promiţător într-un tiran paranoic, fără scrupule, crud, coleric. Fără voia lui, făcuse mai mult rău decât să ucidă un inocent, ucisese inocența. Victima lui devenise călău. Odată cu linia melodică a concertului de Alban Berg, Chris își auzea propria poveste: murise nu doar copilul, ci și îngerul. Din acel Axel de odinioară nu mai rămăsese nimic, răul luase cu el totul. Inclusiv dezolarea.

Când devenim cei care trebuie să fim? În tinerețe sau mai târziu? În adolescență suntem în mare măsură creați, în ciuda temperamentului și a inteligenței, de educație, de mediu, de părinți; adulți, ne creăm pe noi înșine prin alegerile pe care le facem. Chris fusese ambițios, oportunist, combativ, fusese sub presiunea mamei sale, o celibatară care dorea ca unicul ei fiu să reușească acolo unde ea nu reușise. Ca să n-o dezamăgească, el trebuia să strălucească, să lupte, să izbândească. Mama lui fusese părăsită de tatăl lui Chris deoarece – așa gândea aceasta – nu era destul de „bine"! Acum, după ce trecuse atâta timp, Chris credea că tatăl său fusese pur și simplu egoist, inconsecvent, ticălos ordinar. El, la douăzeci de ani, revenit din Thailanda, avusese șansa de a îndigui presiunea maternă; dezinvoltura ucigașă față de Axel îi demonstrase că se înșelase asupra drumului său; prin urmare renunțase la cariera de pianist și luase totul de la capăt, ținând cont de noile valori. Totuși, Chris nu prevăzuse că se putea întâmpla reciproca: un om bun să se transforme într-un gunoi. Dacă există mântuire, există și damnare. Și sunt alese cu bună știință. Atunci când accidentul provoacă o ruptură în existența lor, oamenii reacţionează diferit: Axel se închisese în dezgustul cinic faţă de umanitate, Chris se deschisese către ceilalţi.

Dacă Chris avusese astăzi impresia că este el însuşi, oare Axel simţea acelaşi lucru? Cât era lucrarea libertăţii? Cât a destinului? Asemenea gânduri vertiginoase îl împiedicau să adoarmă.

Nici Axel nu dormea. În faţa calculatorului verifica pe Internet funcţionarea firmelor sale. Citind întâmplător că în lume se vând milioane de antidepresive, i-a venit o idee: să creeze elixirul Sfintei Rita, valoros fiindcă vindeca depresia. L-ar numi „Apa miraculoasă a Sfintei Rita". Printre diversele afaceri pe care le făcea – cu jucării, haine, gadgeturi, pornografie – îl amuza mult negoţul cu obiecte religioase. „De când oamenii nu mai cred în Dumnezeu sunt dispuşi să creadă în orice! Astrologie, numerologie, practici New Age, renaşterea sfinţilor. Să profităm." Decreştinarea Europei nu favorizase raţionalismul, ci sporise şi diversificase superstiţia; odinioară creştinismul oferea controlul credinţei, acum acesta nu mai exista, iar Axel putea să exploateze segmentul profitabil al credulităţii. De ce mai degrabă Sfânta Rita ? Din pricina unei gravuri prinse pe peretele camerei din Sydney unde zăcuse în timpul convalescenţei sale, când reînvăţa să vorbească şi să scrie; în loc să aprecieze imaginea bunătăţii, o detesta aşa cum ura toate formele rituale pe care le-a luat binele. Într-o bună zi, scuipând chipul sfintei, hotărâse să fie de partea învingătorilor şi să rămână alături de ei.

A doua zi, Chris şi-a prezentat demisia, iar Montignault, după ce şi-a revenit din şoc, l-a anunţat că îi părea foarte rău. Nu l-a uitat pe Karim, i-a dat adresa lui din China, apoi a participat la o petrecere de adio improvizată de colegii săi.

— Când pleci?

— În noaptea asta. La Shanghai.

Pentru că ei doreau să ştie mai multe, a mărturisit că urma să aibă grijă de prietenul său din copilărie care, pradă unor grave probleme de sănătate, dorea să îl aibă aproape. În povestea aceasta, colegii săi l-au recunoscut pe Chris al lor, campionul altruismului, şi l-au îmbrăţişat.

La ora şapte i s-a alăturat, cu bagaje cu tot, lui Axel, apoi au urcat într-o maşină. Limuzina a ocolit lacul şi s-a oprit în faţa unui hotel somptuos.

— Nu plecăm la Shanghai? a întrebat Chris.

— Poimâine.

Au stat două nopţi în acel palat. Chris nu a ştiut niciodată de ce. Pe durata acestei escale, Axel i-a ordonat să îndeplinească sarcini mărunte, să-l ajute să se dea jos din pat, să se spele, să-şi aranjeze lucrurile. Chris se supunea, aşa cum promisese. Nici una din aceste sarcini nu i se părea grea, cu atât mai puţin cea de a-l duce la piscina hotelului pentru a-i acorda cu generozitate îngrijiri, deşi îl speria tot timpul fragilitatea acestui trup cu oase subţiri, mecanica lui dislocată. Se întreba dacă anii care vor urma vor fi asemănători acestor zile…

Din când în când surprindea conversațiile telefonice ale lui Axel și constata că acesta se comporta întotdeauna ca un bandit, inflexibil, tiranic, insultând, disprețuind, nedreptățind.

— Axel, ai făcut ceva bun – adică ceva drăguț – în acești ani?

— Nimic. M-a păzit dracul să o fac, i-a răspuns Axel.

— Am să te forțez să o faci.

Ore întregi Chris contempla peisajul alpin pe care trebuia să îl părăsească. Un lac muntos nu se poate defini... Fie ți se pare că apa acoperă o gaură nesfârșită, ca un capac pus peste o prăpastie, fie urmărești relieful ca niște țărmuri armonioase care formează un leagăn în jurul apei. Pe scurt, locul în care trăise ultimii zece ani îi părea, de la o secundă la alta, terifiant sau încântător.

La apusul celei din urmă zile petrecute în Franța, un taxi le-a dus bagajele la aeroport pentru zborul de a doua zi. Apoi un chinez din Geneva a plecat la volanul unei mașini negre. Chris nu înțelegea o boabă din discuția lor fiindcă vorbeau chinezește; a remarcat însă că asiaticul nota terorizat pe o foaie de hârtie tot ceea ce îi spunea Axel.

Nu au așteptat să se lumineze de ziuă.

La cinci dimineața Axel l-a somat pe Chris să-l spele, să-l îmbrace, să-l așeze în fotoliul cu rotile și să-l conducă la mașină.

În cenuşiul unui răsărit tern, au părăsit hotelul, au coborât spre lac şi au mers cu prudenţă din cauza ceţii de pe maluri care se întindea pe drumul riveran.

— Opreşte, parcăm aici, a ordonat Axel.

Ţeapăn, instalat pe marginea drumului, chinezul pe care îl văzuse în ajun le făcea semne.

Au coborât din maşină. În aerul pe care nu-l clintea nici o boare de vânt plutea un miros de putregai şi de ramuri uscate.

Chinezul s-a înclinat în faţa lor şi le-a arătat, la capătul unui ponton de bârne cenuşii, o barcă joasă din lemn.

La ordinul lui Axel, Chris – cu cea mai mare grijă – l-a ajutat să treacă din fotoliu în barcă; de îndată ce a fost aşezat pe locul din spate, infirmul l-a respins, exasperat.

Au înaintat, cu motorul turat la viteză mică pentru a nu face zgomot. Silueta chinezului rămas pe mal devenea subţire, ştearsă şi s-a pierdut în ceaţa zorilor.

— Unde mergem?

— Ai să vezi.

Chris se întreba ce puteau conţine sacii aşezaţi în barcă.

Cu cât ambarcaţiunea uşoară înainta, cu atât se cufundau în întuneric. În mijlocul lacului, acolo unde ceaţa ascundea malurile şi munţii, într-un spaţiu glacial, Axel a oprit motorul.

— Călătoria se opreşte aici.

— Aici?

— Aici, în mijlocul lacului.

Auzindu-l, Chris a priceput imediat ce avea în minte însoțitorul lui: lacul întunecat din Alpi ținea loc de golf albastru sub soarele Thailandei, iar Axel voia să-l facă pe Chris să simtă înecul pe propria-i piele. Din reflex s-a ridicat gata să se arunce în lac şi să scape.

— Să nu te mişti!

Pistolul era îndreptat spre el. Axel tocmai îl scosese din buzunar.

— Nu glumesc, a insistat acesta. Treci la loc. Dacă nu, te împuşc.

Chris s-a aşezat. A vrut să discute, a deschis gura...

— Taci! Azi asculți de mine.

Deşi categoric, Axel tremura. De frig, de emoții, de teamă, de mânie? Pe fața lui, devenită inexpresivă în urma sechelelor comei, nu se zărea nici o nuanță a vreunui sentiment. Doar gura crispată făcea dovada unei tensiuni.

— Odinioară m-ai preferat unui jeton cu numărul 1. Poate că nu ştiai sigur că o să mor, dar nu ai ezitat între a mă salva şi a câştiga. Deschide sacii.

Oțelul pistolului strălucea, aruncând în jur scântei ca nişte fulgere.

Chris s-a aplecat încet spre desagii foarte grei, i-a tras către el. Când i-a deschis a descoperit că erau umpluți cu lingouri de plumb, legate între ele şi având la capete sfori groase.

— Leagă sforile de tine!

Chris a vrut să protesteze. În loc de răspuns, Axel a apropiat țeava pistolului de fruntea lui Chris care a început să lege sforile de el.

— Şi mai tare! Fă nodurile mai rezistente! Ca să nu le desfaci.

Axel ținea degetul pe trăgaci.

Deasupra lor, un corb şi-a aruncat croncănitul posac, dezolat.

Deodată Chris a încetat să mai tragă de timp şi a început să lucreze cu hărnicie. Făcea eforturi, era energic, hotărât. Axel, uşor surprins, a observat, dar nu a comentat.

— Gata, a spus Chris.

— O, dar grăbit mai eşti...

— N-are rost să trag de timp, fiindcă ştiu ce va urma. Sar în apă, sau mă împuşti?

— Calmează-te! S-ar zice că îți place.

— Mi se pare necesar.

— Calmează-te, îți spun. Joci după cum îți cânt eu. Eu sunt organizatorul.

— Şi eu. Sunt responsabil de ceea ce ai devenit.

— Miliardar? a întrebat Axel pufnind.

— Nu, asasin. Îți aminteşti cum ne spunea Paul Brown, americanul care se ocupa de stagiile muzicale? Frații duşmani, Cain şi Abel. Eu eram Cain, cel rău. Tu erai Abel, cel bun. Eu eram cel care trebuia să-şi ucidă fratele. Ceea ce am şi făcut.

Axel l-a privit plin de ură.

— A, te simți vinovat totuși?

— Foarte vinovat. Acum tu ești Cain, iar eu sunt Abel. Stupid, nu? În douăzeci de ani, am schimbat rolurile. Nu mai ești decât o bombă de suferință, de exasperare și de ură. Am făcut din tine un monstru. Tu, care erai o minune. Cum să nu-mi fie rușine?

Axel a îndreptat arma asupra lui Chris gata să apese pe trăgaci.

Chris a continuat cu vehemență:

— Te-am stricat, Axel. Nu numai că ți-am stricat viața, dar te-am stricat și pe tine. Ai devenit opusul a ceea ce erai. Am cunoscut un înger și am creat un demon.

— Taci. Eu sunt responsabil de ceea ce am devenit. Asta am vrut. „Niciodată nu voi mai fi o victimă“, mi-am spus după ce am ieșit din comă.

— Straniu. „Niciodată, niciodată nu voi mai fi asasin“, mi-am promis când am ajuns la Paris.

S-au gândit o clipă la ironia sorții care, de la întâmplarea aceea, reciclase ticălosul în altruist și sfântul în canalie.

O ceață mișcătoare, profundă și ușoară ca un rumeguș alb, se instalase în jurul lor, fără zgomot, strângându-i sub mantia ei.

Axel a continuat gânditor:

— Atunci când te-am întâlnit la cafenea, în acea săptămână, îi vorbeai unuia dintre adolescenții tăi disperați despre „mântuire“. Nu mai auzisem cuvântul de ani buni și nici nu mă gândisem la semnificația lui.

Erai atât de convins, încât mi-am dat seama că vorbeai despre tine. După ce m-ai lăsat să zac pe fundul mării, te angajaseşi deci pe calea mântuirii. Atunci am înţeles că eu străbătusem drumul în sens invers; coboram în timp ce tu urcai. Care este contrariul mântuirii? Decăderea? Damnarea? Da, fără îndoială că damnarea... Când rostesc acest cuvânt mi-e rău, mă simt ca şi cum aş fi victimă din nou.

— Fals. Dacă eşti victima celorlalţi, poţi să eviţi să fii propria-ţi victimă. Stă în puterile tale. Nu depinde decât de tine.

— Nu mai am putere, Chris. Odată ce alegi cinismul, nu mai poţi renunţa la el, nu mai ai ideal, ţi se rupe de tot, mai puţin de durere. Or, de când te-am întâlnit aici, durerea nu-mi dă pace, progresează. Fiindcă situaţia s-a schimbat... Înainte te uram. Acum mă urăsc pe mine. Mă văd cum mă vezi tu, îmi aduc aminte cum eram, compar. Ce-mi mai rămâne, Chris, ce-mi mai rămâne?

Dacă i-ar fi scos ochelarii negri, Chris ar fi văzut că Axel are ochii în lacrimi.

Atunci Chris s-a ridicat.

— Pot să fac ceva pentru tine.

— Nimeni nu mai poate face nimic pentru mine.

— Ba da. Eu. Eu pot să te ajut să redevii un om cumsecade.

— Imposibil. Şi nici nu vreau.

— Am să te oblig.

Şi Chris a luat lingourile de plumb în braţe, a privit ceaţa din dreapta şi s-a aruncat în apă.

Totul s-a petrecut atât de repede, încât Axel nu a înţeles ce se întâmplase decât în momentul impactului dintre trupul lui Chris şi apă.

Capul lui Chris a rămas o secundă, nu mai mult, deasupra valurilor, cât au încercat muşchii să reziste, cât a putut să-l privească pe Axel. Apoi greutatea l-a tras în adânc.

Nu erau bule de aer. Din reflex, Chris îşi blocase respiraţia.

Axel observa undele concentrice care se diminuau până când lacul a devenit nemişcat. Şi-a spus că ar trebui să fie mulţumit. Nu simţea nimic.

Brusc, bulele de aer au explodat la suprafaţă; venite din adânc, sunetul lor avea o rezonanţă umană, ca un plescăit, ca şi cum ar fi exprimat bucuria de a fi în elementul lor, ca şi când ar fi scăpat de un mediu ostil.

Axel nu a putut suporta. Tocmai înţelesese că tovarăşul lui agoniza.

— Chris! a urlat.

Strigătul său a dispărut în tăcerea indiferentă în care dormeau munţii. Şi s-a stins. Nici un răspuns. Atunci, ca să-l salveze pe Chris, s-a aruncat în apă.

*

Ani întregi bătrânul Queraz, pescar amator, un ţăran cu faţa tăbăcită de viaţa trăită în aer liber, povestea unor gură-cască, turiştilor care acceptau să-l asculte, o poveste care îl măcina.

Într-o dimineață, în timp ce pescuia cu undița pe promontoriul de lângă drumul care coboară de la castelul Combaz, un refugiu stâncos, de folos în zilele în care nu scotea barca, asistase la o scenă ciudată. Aşa cum se întâmplă adesea în noiembrie, o ceață mişcătoare îşi executa dansul molatic deasupra lacului, acoperind şi eliberând apa. Preț de o clipă, bătrânul Queraz a zărit în depărtare o barcă cu motorul stins în care doi bărbați discutau liniştiți. Pe urmă ceața i-a acoperit. A revăzut barca în momentul în care unul dintre ei sărit în apă cu nişte pachete. Un scafandru? Celălalt, destul de angoasat, a urlat, apoi s-a aruncat şi el în apă. Un nor de ceață l-a împiedicat din nou să vadă ce se petrecea. Două minute mai târziu, Queraz a întrezărit două capete le suprafață, da, i s-a părut că cel de al doilea bărbat îl pescuise pe cel dintâi, dar se îndepărtase de barcă. O adiere de vânt a îngroşat iar ceața, cel puțin zece minute. În fine, când aerul a devenit limpede, nu mai era decât barca solitară în mijlocul lacului. Unde erau cei doi? În adâncul lacului sau pe țărm? Înecați sau salvați? A crezut că visase.

După o săptămână de gândire şi de ezitare, bătrânul Queraz a băut ca să-şi dea curaj şi a mers la poliție să povestească întâmplarea.

— Dacă ni se va semnala dispariția a două persoane, vom veni să-ți cerem să ne povesteşti romanul, i-a răspuns polițistul amuzat. Până atunci, du-te și te trezește din beție.

Pentru că trăsnea a băutură, funcționarii nu l-au ascultat pe analfabet.

Acest lucru l-a jignit așa de tare pe moș Queraz, încât, de atunci, a început să fumeze Gauloises fără filtru și bea ori de câte ori avea ocazia tărie din Alpi.

Cu mintea plină de alcool, ar fi uitat de viziunea lui, când un eveniment i-a reamintit-o.

Zece ani mai târziu, atunci când au început lucrările de golire a lacului pentru asanare, au găsit cadavrele. Pe un pat de nămol zăceau, fiecare cu capul la picioarele celuilalt, două schelete îmbrățișate: ca doi gemeni ghemuiți în pântecele mamei lor.

Nu s-a aflat niciodată cine erau. În schimb, fiindcă asemănarea scheletelor îi uimise pe muncitorii care le au descoperit, au numit promontoriul stâncos în fața căruia muriseră, cel de unde moș Queraz asistase la ultima lor tentativă de a se salva, stânca lui Cain și a lui Abel.

O iubire la Élysée

Se întorsese acasă pentru a scăpa de aglomerația străzilor, dar de îndată ce ajunsese dorea să plece iar. În fiecare zi suferea tot mai mult din cauza acestei senzații dezagreabile: nu se simțea bine nicăieri.

A căutat în jurul ei cu privirea un detaliu – un obiect de mobilier, un tablou, ceva – care să o poată liniști, să-i dea încredere, să îi amintească de trecut. Zadarnic. Apartamentul, amenajat la mansarda palatului, dovedea un bun-gust descurajant: totul, de la cel mai neînsemnat ornament al tavanului până la tapițeria scaunelor, fusese conceput de unul dintre cei mai buni arhitecți contemporani; dacă era deplasat un fotoliu sau era aruncat un pulover colorat pe această combinație de bej și de lemn gălbui, armonia întregului era distrusă; orice urmă a unei vieți diferite, personale, indiferentă față de obsesiile artistului devenea o înjurătură, o obscenitate frapantă. În decorul destinat să fie al ei, se simțea mereu străină.

Fără să aprindă lumina, s-a așezat pe canapea ca și cum ar fi fost în vizită. Era o zi ternă în care străluceau doar casetele de argint. Afară ningea molatic. Dinspre străzi se auzeau maşinile grăbite, deplasându-se cu un mormăit înăbuşit, pâslos.

Catherine se gândea că viaţa ei seamănă cu o după-amiază de duminică nesfârşită, plictisitoare, plină de speranţe nedefinite, de regrete vagi, în care amărăciunea dominantă te împiedică să te bucuri de puţinul rămas de savurat.

Plictisită, a luat o revistă pe care secretara particulară i-o lăsase la îndemână. Pe copertă era un portret al ei şi al soţului ei, însoţit de legenda: „O iubire exemplară".

S-a uitat la revistă şi a zâmbit. Chipul ei era elegant, fragil, diafan ca un porţelan friabil.

— O iubire exemplară... Câtă imaginaţie!

Cu vârful degetelor cu unghii date cu ojă roşie ca jeleul de coacăze, o culoare ţipătoare şi netă ca o caroserie de maşină, Catherine a dat paginile celui mai popular hebdomadar din Franţa, revista de cancanuri pe care nu o cumpără nimeni, dar pe care, ca prin farmec, toată lumea o citea, în care fotografiile ei şi ale soţului ei se regăseau pe mai multe pagini. O legendă care relata titlul reportajului „O iubire exemplară" comenta fiecare fotografie. Ea şi Henri zâmbeau către obiectiv ţinându-se de mână, umăr lângă umăr, afabili, curaţi, îngrijiţi, surprinşi ori mai degrabă aranjaţi în ireproşabilul apartament prezidenţial.

— Suntem frumoşi?

Se străduia să răspundă; cu un ochi de profesionist, după douăzeci şi cinci de ani de experienţă politică, ştia că fotografiile sunt superbe, dar ei? Desigur, machiajul le estompase defectele, retuşurile subliniau calităţile fiecăruia, purtau haine care îi punea în valoare. Da, triumfaseră asupra urmelor timpului, străluceau, corespundeau propriilor imagini; cu toate acestea, erau frumoşi?

Greu de răspuns. Atunci când înceta să se gândească la faptul că era vorba de ei, vedea o femeie puternică şi un bărbat puternic, un cuplu trăind deasupra celorlalte. Ceea ce, în mod bizar, îi stârnea antipatia. Mai supravieţuia în ea, în pofida ascensiunii sociale, studenta de la Belle Arte care alese nonconformismul şi studiile fără perspective financiare, femeia liberă care îl întâlnise pe Henri într-un bar lângă Assas unde intrase ca să-şi cumpere ţigări, fără să creadă că relaţia lor va dura. Douăzeci şi cinci de ani mai târziu studenta boemă se afla încătuşată de glorie, înţepenită în personaj oficial, doamna Morel, prima doamnă a Franţei, soţia preşedintelui Republicii, plasată în decorul auriu al palatului Élysée.

— În orice caz, mai mult ca sigur că nu aş frecventa-o pe doamna aceea cumsecade din fotografii.

Se condamnase fără apel: taior croit pe comandă dintr-o stofă scumpă care părea simplă, pantofi cu toc înalt, deşi nu foarte sexy, coafura la fel de neclintită ca un coif, o alură pudică, devenise o burgheză. La început Catherine nu se gândea la haine, purta de-a valma rochii, cămăşi, fuste lungi şi veste indiene, colorate, ieftine, pe care obişnuia să le cumpere la mâna a doua din cartierul muncitoresc de lângă Gara de Nord, unde închiriase o mansardă; ca să se justifice, afirma că îi plăcea uscăciunea bumbacului, că se bucură să simtă aceste materiale pe trupul ei slab. Apoi, la braţul soţului, pe măsură ce acesta urca treptele puterii, neglijenţa ei atrăsese atenţia. Ea nu acorda atenţie hainelor pe care le îmbrăca, dar stilul ei relaxat a stârnit comentarii, a provocat discuţii. Indiferenţa faţă de modă era interpretată în ceea ce o priveşte drept o atitudine voluntaristă, iar în cazul soţului ei – o strategie de comunicare. Când se vorbea despre doamna Morel, conversaţia începea ori se termina cu o referire la hainele ei, uneori pentru a le lăuda, cel mai adesea pentru a le ironiza. Ca să le închidă gura răuvoitorilor, sfârşise prin a ceda conservatorismului, golindu-şi dulapurile de toaletele hipiote, apoi umplându-le cu ţinute concepute pentru femei de vârsta ei, femei cu responsabilităţi. O chestiune de demnitate...

— Demnitate! Vai de tine, biata mea Catherine, te exprimi ca o burgheză bătrână şi ridicolă, convinsă că se îmbracă „aşa cum se cuvine". Cretinii au câştigat bătălia: mi-au contaminat creierul.

S-a aplecat asupra fotografiei luate în holul rece de la Élysée în timp ce îl primea pe cancelarul Germaniei: o detesta pe femeia aceea. Sigur, era perfectă: graţioasă, elegantă, dar se ura văzându-se zâmbind, jucând atât de bine comedia, nelăsând să transpară nefericirea ei.

I se dăduse un rol pe care nu-l voia, cel de soție de om politic; mai întâi soție de deputat, apoi de deputat-primar, pe urmă de ministru şi de fiecare dată îşi pierduse câte puțin din libertate; după alegerile catastrofale devenise soția liderului opoziției şi acesta fusese mai degrabă un lucru simpatic, cea mai bună perioadă; în fine, de câțiva ani ajunsese soția preşedintelui țării.

— Nimeni nu m-ar crede dacă aş mărturisi că mi-am ratat viața.

A dat paginile revistei urmărind reportajul „O iubire exemplară" şi s-a strâmbat privind fotografia care îi înfățişa în salonul aurit, extaziați în fața unui album de artă; ziaristul scria: „Doamna Morel încearcă să împartă cu pragmaticul ei soț pasiunea pentru pictura contemporană". Da, scribărețul avea dreptate, încercase, treizeci de secunde, un minut cât să fie făcută fotografia, nu mai mult; în plus, povestise orice arătând reproducerile: la ce bun să spui ceva de bun-simț, Henri nu asculta, era doar o scenă, un tablou mut.

— Şi Henri? Ce aş simți dacă l-aş întâlni pentru prima oară?

Acest gând a interesat-o mai mult decât celelalte. Şi-a privit soțul imortalizat pe hârtia lucioasă.

— Fă-le jocul, Catherine, uită, presupune că nu-l cunoşti.

S-a înfiorat: o impresiona.

Da, o impresiona cu buzele lui de băiat rău, cu sprânceana ridicată ironic, cu dantura perfectă, cu părul negru strălucitor ca pana corbului, cu gâtul puternic ieşind din costumul albastru cu guler ireproşabil. Cum era cu putinţă? După douăzeci şi cinci de ani tremura observând mâinile puternice, făcute pentru a îmbrăţişa o femeie; o emoţiona nasul hotărât, care degaja energie; o bulversa strălucirea sumbră care îi lumina ochii. S-ar fi putut îndrăgosti de acest bărbat dacă l-ar fi întâlnit astăzi?...

Catherine a ridicat privirea şi a contemplat, cu inima bătându-i cu putere, parcul acoperit de zăpadă. Pescăruşii ţipau furios deasupra fântânilor îngheţate de la Élysée.

Revelaţia a deconcertat-o: era o veste bună, sau o veste rea?

O veste rea! Era atât de practic să gândeşti că totul murise de când deveniseră prizonierii propriilor roluri. De ce să trezeşti o statuie? Nu ştiu dacă la Muzeul Grévin figurilor de ceară le-ar plăcea să fie readuse la viaţă, dacă Ioana d'Arc ar accepta să fie din nou arsă pe rug, Ludovic al XVI-lea să fie ghilotinat sau dacă Julieta ar mai juca încă o dată aventura fatală cu pămpălăul de Romeo. Nu, vechile păpuşi nu trebuie reanimate, trebuie să le laşi să se umple de praf, să se degradeze, să se acopere de uitare şi să părăsească discret amintirea celor vii. De ani buni Catherine Morel trăia aşa. Nu era deloc o veste bună că îl dorea pe acest bărbat de cincizeci de ani care devenise domnul Morel în loc să rămână Henri, tânărul cu părul vâlvoi de odinioară, care fusese îmbălsămat de viu în costumul de preşedinte. Nu era deloc o veste bună.

Totuşi... Şi dacă ar fi adevărat... Dacă ar îndepărta platoşa rutinei... Dacă s-ar aprinde iar pasiunea în ei... Dacă şi-ar asuma mai bine personajele pe care le întruchipau...

Din instinct s-a îndreptat spre camera lui Henri, locul unde, asemenea soţiei lui Barbă Albastră, nu avea dreptul să intre. Adevărul era că intra adesea în baia care, ore bune din zi, rămânea un spaţiu misterios din care Henri lipsea, deşi prezenţa lui se simţea din plin, prosopul mirosind a lavandă, pasta de dinţi, marmura udă, spuma de ras cu aloe; misterios fiindcă aici plutea fantoma bărbatului ei; misterios pentru că nu accepta niciodată ca ea să intre acolo împreună cu el; misterios fiindcă acest coridor ducea spre plăceri, preceda noaptea care adună trupurile în aşternuturi, era vestibulul iubirii...

A oftat. Din nefericire acea cavernă nu mai promitea, de multă vreme, nici o plăcere. Deşi dormeau în acelaşi pat, Henri şi ea nu se mai atingeau. Aceeaşi uzură din nou...

S-a întors în salon, a luat revista, şi-a privit soţul prezentat de fotografii.

— Acest bărbat mă seduce fiindcă nu îl cunosc. De exemplu, bănuiesc doar că va fi la fel de corect precum atitudinea sa, la fel de onest precum zâmbetul său. Or, eu ştiu... este prea târziu... ştiu cine este, ştiu de ce este în stare... ştiu că...

În acel moment a apărut preşedintele Morel, îmbrăcat în albastru, cu faţa congestionată, asudată, cu un zâmbet crispat pe buze.

— A, eşti aici? a întrebat cam brusc şi cu mirare. Credeam că eşti la cumpărături.

— Îmi pare rău. Nu mi-a surâs nimic, m-am întors repede.

S-a apropiat, intrigat.

— Eşti bine?

Era într-adevăr îngrijorat, sau se prefăcea?

— Da. Citeam reportajul ăsta despre noi.

— Excelent, nu? Rigaud era foarte mulţumit.

— Ei, dacă Rigaud este mulţumit...

Catherine ar fi vrut să adauge „Dacă se declară mulţumit consilierul pe probleme de comunicare al preşedintelui, consoarta preşedintelui trebuie să tacă“, dar s-a stăpânit şi nu şi-a dus gândul până la capăt.

— Toată lumea te-a considerat minunată, a spus el îndreptându-se spre baie.

— Cine este „toată lumea“? Ai comandat un sondaj? Ai organizat un referendum?

— Toată lumea înseamnă cei din cabinetul meu.

— Şi femeile?

— Da.

Îndărătul uşii întredeschise, deschidea dulapurile, răsucea robinete, muta diverse flacoane.

O clipă a dorit să-i facă o scenă, bănuind că urma să meargă la o amantă; nu-i păsa de adulter – o înşela de multă vreme –, dar considera nedrept, mitocănesc, scandalos ca el să se comporte astfel: să o acopere cu linguşeli făţişe în timp ce se pregătea pentru o alta.

Era gata să-i arunce în faţă: „Îi vei repeta mândrei tale complimentele pe care mi le-ai adresat în vreme ce te dichiseai pentru ea? Dacă nu-i chiar ultima târâtură, se va simţi jignită. Ca mine". Totuşi s-a mulţumit să adauge oftând:

— Treburi?

— O întâlnire la Universitatea Jussieu.

Pretexta întâlniri oficiale, ştia prea bine, ca să-şi viziteze amantele; se organizase; numai şoferul şi şeful gărzii de corp, de încredere, îl ajutau să îndeplinească mica escapadă; maşina staţiona în faţa imobilului în timp ce el îşi rasolea treaba; cu Pompadour a lui abia dacă avea timp să atingă el orgasmul, de ea ce să mai vorbim! De fapt, nu-i invidia defel... A zâmbit şi şi-a pus unul din discurile preferate.

Henri a ieşit din baie, nu îşi schimbase cămaşa, făcându-şi nodul la cravată.

— La revedere Catherine, ne vedem diseară.

— N-aş prea crede. Merg la teatru. Ultima piesă a lui Schmitt.

— A, da? E important?

— Pentru cei care iubesc teatrul, da; pentru ceilalţi nici măcar nu există. Fii liniştit, merg în numele nostru. Mă sacrific, aşa cum am făcut-o întotdeauna.

— Bombăni tu, dar adori teatrul.

Cu un aer vioi s-a îndreptat spre ea, ţuguindu-şi buzele – un soţ grăbit care încearcă să fie tandru.

În aceeaşi secundă i-a simţit parfumul. Imediat s-a crispat. De unde avea parfumul ăsta? Cine i-l dăruise? Cine alesese acest iz necunoscut? Fără îndoială că avea o amantă nouă, una constantă. O prostituată nu dăruieşte parfumuri, numai o benevolă sentimentală are această îndrăzneală. Deşi Catherine îşi ascundea gândurile, se auzi întrebându-l:

— Cine ţi-a dăruit acest parfum?

— Păi... păi... tu.

— Ba nu.

— A... credeam...

— Nu.

— Ia te uită... nu ştiu... Nu am acordat atenţie... Primesc atâtea cadouri... Poate Rigaud?

— Acum foloseşti parfumuri alese de bărbaţi?

— De ce nu? Doar nu o să-mi faci o scenă de gelozie pentru un parfum?

— Nu, nu sunt proastă: am motive mai serioase decât un parfum ca să-ţi fac o scenă; doar că îmi este greu să aleg.

Animalul politic în stare să convingă un chel să-şi lase plete a privit-o alarmat, gata de luptă.

Catherine i-a luat-o înainte reluând cu blândeţe:

— N-am să fac nici o scenă. Nu sunt geloasă.

— A... bine.

— Deloc. Sunt calmă ca un lac. E chiar bizar... ciudat... Poate că bunul-simţ popular are dreptate când spune că gelozia este o dovadă de iubire.

A tresărit. De data aceasta fusese rănit. Sărmanul preşedinte, se amuza ea, atât de obişnuit să fie cocoloşit, devenea vulnerabil: era jignit de o remarcă fugară de parcă ar fi suferit un eşec electoral.

— Nu sunt sigur că înţeleg, a şuierat el.

Insista fiindcă, de regulă, nu avea de ce să se teamă de o asemenea discuţie: Catherine îşi păstrase pentru ea protestele. Catherine şi-a amintit de această trăsătură de caracter şi, în acel moment, a considerat că a fost prea norocos: a hotărât să acţioneze invers decât obişnuia.

— Ba ai înţeles foarte bine Henri. Nu te mai iubesc. Absolut deloc.

Preşedintele a căpătat brusc aerul unui băieţel mirat, pedepsit, necăjit, dezamăgit, un puşti care încerca să reziste suferinţei, mimând comportamentul unui bărbat.

— Şi nu este o chestiune de dată recentă.

— Catherine, glumeşti?

— Te amuză?

— Nu.

— Prin urmare nu-i o glumă.

A bălmăjit ceva, sufocat de furie. Speriat ca un iepure în lumina farurilor, neliniştit, a dat înapoi vizibil, şi-a încreţit nasul şi apoi s-a înfiorat. Nereuşind să rostească ceva inteligibil, a dat să spună ceva, dar Catherine l-a întrerupt:

— Te asigur, Henri: nu suferi. Doar orgoliul îţi este rănit. Iar tu ai mult orgoliu. Cât? Să spunem 80, 85 la sută din personalitatea ta? Din fericire peste cinci minute amanta – cea care dăruieşte parfumuri – are să te consoleze.

A pălit fără să poată spune ce îl şoca mai mult: vorbele lui Catherine, sau tonul ei distant, amuzant, indiferent.

— Şi... de multă vreme?

— De multă vreme ce, Henri?

— Tu... că tu nu... Ceea ce ai spus...

— A, că nu te mai iubesc?

S-a gândit o clipă.

— De foarte multă vreme. Aş putea spune: de când nu mai ai nici măcar o oră pentru mine. Dar te-aş minți, s-a întâmplat mai înainte. Aş putea spune: de când te foloseşti de cuplul nostru pentru a-i convinge pe francezi că eşti un om ca ei. Dar te-aş minți, s-a întâmplat mai înainte. Aş putea spune: de când mă săruți în public, dar niciodată acasă. Dar te-aş minți, s-a întâmplat mai înainte. Aş putea spune: de când ai amante. Dar te-aş minți, s-a întâmplat mai înainte. Aş putea spune: de când ai avut indecența să foloseşti surzenia fetei noastre pentru a stârni mila opiniei publice. Dar te-aş minți, s-a întâmplat mai înainte. Adevărul este că nu te mai iubesc de la atentat. De la atentatul din rue Fourmillon.

Bărbatul s-a clătinat, cu buzele tremurându-i de furie. Sub lambriurile centenare vocea i-a răsunat spartă, înghețată.

— Ce vrei să spui?

— Ai înțeles. Știu.

— Ce știi?

Toți francezii își aminteau de atentatul din rue Fourmillon. Conform analiștilor politici, Henri obținuse în acel an voturile care îi lipseau fiindcă fusese victima unei agresiuni odioase. Cu prilejul unei deplasări, doi bărbați cu cagule au tras focuri de armă asupra mașinii în care se afla. Rănit, Henri încercase să-i urmărească, însă renunțase pentru a se ocupa de șoferul său plin de sânge. Opinia publică îi apreciase curajul; a doua zi devenise erou; în patruzeci și opt de ore detractorii săi au fost catalogați drept extremiști integriști, persoane periculoase, capabile să comanditeze un asasinat. Evenimentul îi discreditase pe opozanți și astfel Henri câștigase alegerile cu majoritate de voturi.

— Știu, dragul meu, ceea ce unii au bănuit, dar nu au îndrăznit să scrie. Știu ceea ce vei nega cu fermitate până la sfârșitul zilelor. Știu ce ai făcut: ai conceput, ai organizat și ai plătit acest atentat. Era doar o strategie de comunicare. Inspirată, nu zic nu, pentru că ai ajuns președinte. Păcat însă că, din cauza ambiției tale, fostul tău angajat a rămas paralizat, înțepenit pentru totdeauna într-un fotoliu cu rotile. Din acea zi te disprețuiesc.

O tăcere a adâncit și mai mult distanța dintre ei. Încăperea s-a umplut de o ură de gheață.

— Cred că ai înnebunit.

Catherine a luat revista şi i-a întins-o.

— Acum priveşte! Acum, că ştii ceea ce ştiu, priveşte! Priveşte cu ce mare actriţă trăieşti. Îţi cunosc josniciile, dar zâmbesc. Sunt nefericită, dar zâmbesc. Te urăsc, dar zâmbesc. Admirabil, nu? Nu am aer nici de călău dar nici de victimă. Excelentă interpretare, nu aplauzi? Ar trebui să o faci, fiindcă eşti singurul care poate să înţeleagă performanţa. „O iubire exemplară", Rigaud al tău are dreptate să fie mulţumit de articol: scapi de ceea ce este mai rău!

— E o declaraţie de război? a întrebat el.

— Deloc. E viaţa noastră.

Henri a încercat să găsească o replică. Nevenindu-i nimic în minte, s-a îndreptat ţeapăn, crispat, furios spre ieşire.

La uşă s-a întors spre Catherine şi i-a aruncat:

— De ce îţi spui păsul azi? De ce ai brusc acest acces de sinceritate? De ce acum?

Catherine a făcut ochii mari ca nişte cadrane de ceas.

— Să spun drept, nu am idee.

— A, da, a mormăit el sceptic.

— Îţi jur, Henri. Dar, să-ţi spun drept, sunt aşa de liniştită, că mă întreb de ce am aşteptat atât de mult.

Henri a ridicat din umeri, a trecut pragul, a închis uşa trântind-o şi a coborât treptele zgomotos.

Dacă nu ar fi fost stăpânit de mânie ar fi putut să se apropie de Catherine şi ar fi văzut că plângea de ceva vreme.

Lunile care au urmat au adâncit prăpastia dintre ei. Nimic nu se schimbase la exterior: cuplul prezidențial continua să-și îndeplinească îndatoririle – recepții, vizite, călătorii –, inclusiv pe cea de a mima iubirea; nici un cuvânt greu nu mai fusese rostit nici în public, nici în intimitate.

Totuşi, tăcerea aceasta nu-i liniştea, ci amplifica discuția fatală care era la originea dezacordului dintre ei; cât priveşte comportamentul lor impecabil, a cărui funcționare fusese perfecționată prin ani buni de practică, acesta a devenit cortina îndărătul căreia se desfăşurau ostilitățile.

Zguduit de surpriză, Henri suferea mai mult decât Catherine: aşa cum li se întâmplă orgolioşilor, suporta uşor să nu mai fie iubit, dar nu admitea să fie disprețuit şi încă şi mai puțin ca disprețul să vină din partea celei mai apropiate ființe, cea care îl cunoştea cel mai bine. Avea trei soluții: să-i dea dreptate lui Catherine, adică să accepte că îi înşelase pe cei apropiați şi că trişase ca să obțină victoria; să încerce să se justifice față de soția sa; să nege totul. Fireşte că a ales ultima variantă. Despovărându-şi conştiința, nu considera că revolta lui Catherine avea vreun temei, aşa că s-a iertat pe sine şi a reinterpretat totul: nu Henri era punctul de pornire al problemei, Catherine a devenit problema. A început să se plângă că suportă o asemenea soție nebună, schizoidă, acrită, geloasă pe reuşitele lui. Ce personalitate bizară! Falsă, dublă, aparent încântătoare, dar în realitate plină de ură, ca doctorul Jekyll care se transformă în domnul Hyde.

Pe Catherine o amuza noua situație. Îi plăcea să-şi vadă soțul chinuindu-se. Cel puțin abandonase rolul de consoartă şi pe cel de nevestică înşelată şi neputincioasă. Îi era frică de ea. Catherine îi impunea prezența unei femei imprevizibile, o străină de care se temea, aşa cum o arăta fruntea agitată de ticuri şi ochii ale căror pupile negre întrebau înspăimântate: „Ce va face? Ce va spune? Ce gândeşte?" Îşi făcea o datorie de onoare din a nu-i furniza nici un răspuns, nici un indiciu; nu oferea nici o pistă; tot mai pricepută cu trecerea timpului, îl forța să o privească constant, până la obsesie. Nu urca pe scena vieții sale decât pentru Henri. Avea, de ani buni, milioane de spectatori – în Franța şi în străinătate – fiindcă poziția ei o punea sub reflectoarele atenției universale, totuşi până acum nu-i fascinase decât pe naivii, pe blegii care o bănuiau că este îndrăgostită de Henri, fericită să fie prima doamnă a țării. De când mărturisise ceea ce credea, cucerise un spectator lucid, care îi putea aprecia performanța, capabil să evalueze în ce măsură exprima contrariul a ceea ce simțea; de acum înainte, Henri nu numai că îşi dădea seama de talentul ei, dar era îngrozit. Câtă voluptate... Preşedintele, ca un bun om politic, ştia că nimeni nu face dovada unei sincerități constante, că mințim, folosim tertipuri, uităm; or, tot în calitatea lui de bun om politic, el credea un pic în ceea ce mima, emoție, indignare, mânie, hotărâre, putere, neputinţă. Cinismul lui Catherine îi părea, aşadar, o prăpastie a damnării.

Henri ura această coabitare forţată cu soţia lui. Apoi, prin contaminare, a început să o urască pe Catherine. Îşi ascundea din ce în ce mai puţin sentimentele. Îşi scotea masca de soţ iubitor imediat ce nu mai aveau martori; de îndată ce cuplul prezidenţial se urca în maşină sau revenea la palat, agresivitatea, ostilitatea, furia schimonoseau chipul preşedintelui Morel. Devenea plin de ranchiună, de venin, fierbea de mânie stăpânită. Catherine se înnebunea după aceste bufeuri de violenţă care o înviorau, îi dădeau puteri, o smulgeau din plictiseală; se bucura de ele ca un arbore care, primăvara, simte un aflux de sevă răspândindu-se în el. Nu era un nou început al iubirii lor, dar era un nou început al relaţiei lor.

Într-o bună zi, în timp ce era ocupată să bântuie prin magazinele din Saint-Germain-des-Prés, escortată de două gărzi de corp şi de şofer, a reperat în depărtare un individ care i-a intersectat de mai multe ori câmpul vizual.

A priceput imediat ceea ce se întâmpla: soţul ei pusese să fie urmărită. A exultat. Nu numai că s-a prefăcut că nu-l vede pe detectiv, dar, de mai multe ori, le-a distras atenţia gărzilor de corp, ca să nu-l observe.

— Ce caută Henri? Ce încearcă să afle?

După o lună de zile a descoperit scopul acestei filări: preşedintele întocmea o listă cu prietenii soţiei sale;

apoi îi trimitea fiecăruia o invitație la Élysée pentru un mic dejun informal, în lipsa lui Catherine, iar în timpul discuției încerca cu abilitate să-i tragă de limbă. Fără ca interlocutorii lui să-și dea seama, fostul avocat ajuns șef al statului reușea să determine dimensiunea intimității acestora cu soția lui, admirația sau ostilitatea față de ea. El voia să afle dacă prima doamnă a țării destăinuise cuiva secretele explozive pe care le deținea.

O distrau relatările prietenilor ei. Aceștia, intimidați, flatați, manipulați, nu descoperiseră niciodată adevăratul motiv al lui Henri: propria-i siguranță.

— Dacă mă urmărește o face pentru el, nu pentru mine. Nu-i pasă decât de el.

Și, fiindcă bărbatul în impermeabil și înlocuitorul lui nesărat continuau să se țină pe urmele ei, a hotărât să le joace un renghi.

I-a cerut unui oarecare Charles, prieten al unor prieteni, anticar, să o primească în garsoniera lui de burlac. Frumosul bărbat de patruzeci de ani, înalt, elegant, zvelt, încă verde în ciuda firelor de păr cărunt care confereau o strălucire aparte părului său negru, a acceptat cu entuziasm, onorat. În fiecare zi, de la cinci la șapte, mergea la el cu o discreție ostentativă. Împreună, îndărătul perdelelor trase, beau ceai, discutau, râdeau, ascultau muzică, astfel încât aerul satisfăcut pe care îl afișa Catherine ieșind din clădire – țac! fotografia – era sincer. Ceea ce era suficient ca să alimenteze suspiciunile președintelui Morel.

După o săptămână a citit în privirea lui Henri că fusese informat. Cum şi-a dat seama Catherine? Din veselia care făcea să-i strălucească ochii: spera că a prins-o pe picior greşit, în flagrant.

Catherine şi-a continuat vizitele şi a doua săptămână. Bănuielile lui fiind confirmate, Henri abia îşi putea stăpâni bucuria. Manevra lui Catherine avusese sorţi de izbândă.

În cea de a treia săptămână le-a dat lovitura de graţie: s-a expus, plină de mândrie, cu Charles la Paris, la restaurant şi la spectacole. Apoi, fiindcă reacţia dorită întârzia să apară, prin intermediul câtorva telefoane, a făcut în aşa fel încât să fie fotografiaţi de paparazzi.

Sâmbătă dimineaţa a apărut o fotografie în cel mai detestat tabloid cu legenda: „Cu un favorit ca acesta, prima doamnă a ţării nu are cum să-l facă gelos pe preşedinte“. Iar jurnalistul insista asupra homosexualităţii notorii a anticarului parizian. Într-adevăr, oricine s-ar fi interesat mai îndeaproape de Charles ar fi aflat că prefera constant şi exclusiv bărbaţii. Numai cei doi spioni în impermeabil – fiindcă erau tâmpiţi – şi soţul ei – fiindcă îi plăceau prea mult femeile – neglijaseră acest detaliu şi îşi imaginaseră că Charles este amantul ei.

În aceeaşi seară, la gala oferită la palatul Élysée în onoarea preşedintelui Rusiei, după ce a îmbrăcat o rochie lungă şi a traversat coridoarele solemne, l-a găsit pe Henri posac de parcă era supărat că nu l-a înşelat. Acolo, încântată în secret, a participat la una din miile de cine de stat, o cină la fel de apretată ca ucenicul unui şef de sală, o cină fără o floare ofilită, fără un cuvânt rostit pe un ton mai ridicat, fără un gest mai vioi, fără un gând original, o cină a unor păpuşi de ceară organizată sub tavanele înalte şi tapiseriile monumentale.

După gală, în timp ce urcau în apartamentul lor, Henri a cutezat şi a întrebat-o pe Catherine:

— Cum de suporţi să am amante?

— Sunt încântată că alte femei îndeplinesc un lucru pe care eu nu mai am chef să îl fac.

S-a oprit şi a privit-o, strângând pumnul ca să nu o lovească.

— Ştii că pentru o astfel de remarcă alt bărbat te-ar plesni?

Catherine a clătinat din cap cu îndoială.

— Poate. Dar i-aş spune-o altui bărbat?

S-a apropiat de ea ameninţător.

— De ce nu mă părăseşti?

— Ţi-ar face prea multă plăcere.

— Şi ţie nu ţi-ar face plăcere?

— Răzbunarea mea este să rămân cu tine.

— Dar ai fi liberă!

— Şi tu. Or, tu, dragul meu Henri, tu ai profita mai din plin de libertatea ta decât eu de a mea. Prefer să mă lipsesc de ea ca să te lipsesc şi pe tine de a ta. În ceea ce priveşte sacrificiul, totdeauna voi fi mai eficace decât tine.

Era sinceră. Din răzbunare, îi rămânea credincioasă cum îi fusese de la începutul mandatului prezidenţial.

O sfântă. Imposibil să o surprinzi greşind. Niciodată o femeie nu dovedise atâta străduinţă în a nu-şi înşela soţul: dacă înainte se străduia din respect faţă de el, acum o făcea pentru a-l umili.

— Eşti perversă!

— Probabil. Dar, dragul meu, nu din acest motiv ne-am plăcut odinioară?

Au intrat în apartament. Henri a zăvorât uşa. Nu şi-au spus o vorbă până dimineaţă.

A doua zi, soarele făcea să strălucească peluzele palatului Élysée ca o promisiune miraculoasă.

Contrar obiceiului său, Henri a vrut să ia micul dejun cu soţia sa. A comandat două platouri pe care le-a aranjat el însuşi în sufragerie şi, uitând animozitatea din ajun, i s-a adresat cu amabilitate:

— Catherine, peste un an şi jumătate vor fi alegeri prezidenţiale. Ţin foarte mult să obţin un al doilea mandat.

— Bănuiam.

— Ce părere ai?

— Nu e sigur că o să fii reales.

— Ştiu, am să mă lupt.

— Cum? Nu mai poţi repeta figura cu atentatul.

Henri a înţepenit.

— Nu ştiu la ce te referi, a spus el cu trăsăturile feţei schimonosite.

— Desigur.

Fiecare dintre ei s-a concentrat, în tăcere, preţ de un minut, asupra unei îndatoriri esenţiale: să întindă dulceaţa pe felia unsă cu unt fără să păteze faţa de masă ori să-şi murdărească degetele.

— După ce obţin acest al doilea mandat, îţi propun să ne despărţim, a continuat el ca şi cum nu s-ar fi întâmplat nimic.

— De ce?

— Tu ce crezi?...

— Dragul meu Henri, îţi asumi un risc politic considerabil.

— Un preşedinte divorţat? Moravurile au evoluat!

— Surpriza ar fi mai gravă. Dintotdeauna, în ziare, la radio, la televiziuni, toată lumea crede în iubirea noastră desăvârşită. „O iubire exemplară" este legenda noastră. Faptul că totul era fals, blabla, fum ar stârni neîncrederea alegătorilor tăi şi ar spori-o pe cea a celor nehotărâţi. Preşedintele Morel ne-a minţit? Ce-i adevărat în tot ce ne-a spus? La urma urmei, este oare atât de bun bilanţul său? Tot ce făcea şi spunea era numai o strategie de comunicare?

— Nu-mi pasă. M-am săturat.

— De mine?

— De tine! De noi!

— Ai o amantă nouă care visează să-mi ia locul?

— Nici măcar.

— Atunci?

— Nu mai suport felul în care mă priveşti.

Catherine a izbucnit în râs.

— Ce-i drept: te văd aşa cum eşti. Şi eşti foarte urât.

Henri, cu faţa congestionată, şi-a înghiţit saliva apoi, punându-şi palmele pe masă ca să se calmeze, a conchis:

— Vrei să te gândeşti la propunerea mea?

— M-am gândit: refuz.

— De ce?

— Mi-am găsit drumul. Ce să fac după ce am descoperit că nu te mai iubesc? Îmi convine să te urăsc.

— Catherine, nu mai suport să te ştiu lângă mine.

— Va trebui să te obişnuieşti. Dă-mi voie să rezum situaţia. Mai întâi nu vei obţine un al doilea mandat decât dacă sunt eu de acord.

— Ce spui?

— Ar trebui să-mi ţin gura, să păstrez pentru mine secretele compromiţătoare, să nu încep să trăncănesc despre atentatul din rue Fourmillon.

A icnit, de parcă ar fi primit o lovitură în stomac. Sigură că a fost înţeleasă, Catherine a continuat:

— Şi pe urmă, pe durata acestui al doilea mandat, voi fi alături de tine. „O iubire exemplară", nu uita!

Henri a înghiţit o gură de cafea; deasupra ceştii privirea lui era gata să ucidă.

— La ce bun acest infern? a întrebat el.

— Ca să plăteşti ceea ce ai făcut. Ceea ce ne-ai făcut nouă: mie, fiicei noastre, principiilor tale, vieţii noastre, fostului tău şofer.

— Eşti dementă, Catherine: nu eşti soţia mea, ci întruchiparea dreptăţii lui Dumnezeu.

— Exact.

Catherine s-a ridicat şi a părăsit încăperea.

Săptămâna următoare a avut loc un incident căruia, la început, nu i-a acordat deloc atenţie. Catherine a plecat peste weekend la Institutul pentru Surzi şi Persoane cu Probleme de Auz, la Cognin, în Alpi. După ce a mers câţiva kilometri şoferul s-a oprit ca să verifice frânele care nu funcţionau bine. Faptul a fost confirmat în service. Catherine l-a felicitat pe Martin că şi-a dat seama la timp, serpentinele strânse ar fi putut să le fie fatale.

Totuşi, zece zile mai târziu, în timp ce se întorcea de la Opera din Compiègne, unde fusese să vadă *Le Domino noir*, o operă minoră din secolul al XIX-lea, a avut accident.

La ora unu, limuzina condusă de Martin s-a înscris pe podul Alma, prin pasajele subterane, paralele cu malul Senei, când o maşină albă, cu faruri orbitoare, a ţâşnit în spatele lor. Nesigură, lipsită de coordonare, mergea atât de aproape de ei încât l-a forţat pe şofer să accelereze. Deodată, o altă maşină, angajată pe contrasens, s-a ivit înaintea lor, mergând în zigzag, forţându-l pe Martin, şoferul, să cotească. Limuzina prezidenţială s-a zdrobit de stâlp.

În bufnitura sonoră şi în zgomotul produs de tabla încreţită în urma impactului, Martin a urlat de durere, iar Catherine, aflată pe bancheta din spate, a simţit cum i se zdrobeşte genunchiul.

Echipa de intervenţii, pompierii, ambulanţele au sosit imediat şi le-au descarcerat pe victimele rănite dar conştiente.

În drum spre spital, Catherine şi-a dat foarte repede seama că ea şi şoferul vor trăi. Totuşi, lucrul acesta nu a liniştit-o, fiindcă a identificat adevăratul pericol care o pândea: Henri.

În timp ce sirena despica noaptea pariziană cu ţipătul ei, Catherine înţelegea situaţia îngrozitoare în care se afla: Henri dăduse ordin să fie suprimată. Fiindcă nu o mai dorea alături de el nici în viitoarea campanie prezidenţială, nici pentru un eventual al doilea mandat, nu mai avea nici un scrupul.

Când a intrat în rezerva de la La Pitié-Salpêtrie, a răsuflat uşurată că fusese dusă la un spital de stat, şi nu la o clinică privată, unde Henri ar fi putut să o ia ostatică şi să acţioneze după bunul plac.

Au examinat-o cei mai buni specialişti în traumatologie; i s-au făcut injecţii; i-au pus o mască cu oxigen, i s-a luat sânge apoi a fost anunţată că o vor opera imediat.

Când s-a trezit, a descoperit chipul lui Henri deasupra ei, cât se poate de grijuliu.

Imediat i-a zâmbit, i-a luat mâna într-a lui, i-a mângâiat tâmplele. Terorizată şi ameţită, nu l-a oprit. El vorbea, ea răspundea prin gemete; Henri a profitat de moment ca să se lanseze într-un monolog pasionat.

Un răstimp care i s-a părut nesfârşit, s-a exprimat ca soţ ideal, zguduit, afectuos, ca şi cum s-ar fi temut să nu o piardă, ca şi cum mai conta pentru el, ca şi cum o mai iubea încă. Fără pic de ruşine, i-a mărturisit că, văzând-o în această stare, atât de slăbită, scăpată de la moarte, a putut să înţeleagă cât de absurde au fost ultimele luni dominate de arţag, certuri şi înstrăinare. Dovadă a sincerităţii lui, avea ochii în lacrimi. Mută, refugiată în suferinţa ei, Catherine nu-şi revenea: cum de putea fi atât de mincinos? Nici măcar ei nu-i reuşea. Asasinul împrumutase mimica, gândurile şi sentimentele unei victime! Ce artist... L-a lăsat să-şi facă numărul pentru că nu avea putere să reacţioneze.

Zilele următoare, Henri a continuat să joace comedia adorabilă a soţului îngrijorat, uneori singur, alteori în faţa martorilor înduioşaţi. Totuşi, în momentul în care s-a simţit stăpână pe sine, Catherine a profitat de un moment în care erau singuri ca să-l întrebe:

— Până unde vei merge?

— Ce vrei să spui, draga mea?

— Până unde vei merge ca să obţii puterea?

— Despre ce vorbeşti?

— Până într-acolo încât să-ţi ucizi soţia?

— Ai avut un accident.

— Două într-o săptămână. Ciudat, nu? Mai întâi frânele slăbite. Apoi o ambuscadă.

— Te grăbeşti să tragi concluzii. Ancheta este în curs, se va face lumină. Când vom pune mâna pe şoferul imprudent, îl vom chema în fața instanței de judecată.

— Nu va fi găsit.

— De ce?

— Fiindcă agenților secreți li se pierde urma. Iar dosarele poartă pecetea secretului de stat.

— Nu înțeleg.

— Două accidente care o pun pe soția ta în pericol de moarte... vei invoca întâmplarea sau legea repetiției? De altfel, singura întrebare pe care mi-o pun se referă la intențiile tale. Voiai să scapi de mine? În acest caz, serviciile tale secrete sunt incompetente. Sau ai vrut numai să mă sperii? Dacă da, atunci ai servitori supuși. Intimidare reușită, sau atentat eșuat?

— Catherine, biata de tine, ești în stare de șoc.

— Asta e, scapi folosind psihiatrii care vor pretinde că sunt nebună. Piciorul este în ghips, iar restul sedat, cu asta am să mă aleg?

— Catherine, credeam că acel moment oribil de suspiciune și de ură prin care am trecut este de domeniul trecutului.

— Cine profită de pe urma crimei? Tu.

— Nu există nici o crimă.

— Să i-o spui lui mutu'!

— Ascultă, Catherine, zadarnic visez, sper, încerc, nu mai este chip să ne înțelegem. De îndată ce vei ieși din spital, va trebui să examinăm în detaliu problema, să discutăm despre asta și să găsim o soluție.

— Să divorțez? Niciodată! Niciodată, m-auzi, niciodată! Nu vei obține divorțul!

Cum Catherine țipase, Henri s-a ridicat îngrozit, speriat ca secretarul lui, aflat pe hol, să n-o fi auzit urlând cuvântul „divorț". Apoi a privit-o cu un aer în care se amestecau spaima și compasiunea:

— Pe mâine, Catherine, uită bănuielile meschine, calmează-te.

Și a părăsit-o brusc.

Singură, Catherine a intrat în panică. Cum să-i scape? La spital nu se temea de nimic, dar după externare se expunea din nou pericolelor, fiind ținta serviciilor foarte secrete ale foarte puternicului său soț.

Frica fiind un bun stimulent, a găsit o soluție. A cerut să primească un număr cât mai mare posibil de prieteni și de cunoștințe în cele trei zile de stat în spital. Telefoanele ei au fost fructuoase: a primit vizita a vreo patruzeci de persoane. De fiecare dată când soțul ei trecea să o vadă, Catherine se afla într-o companie numeroasă. Henri a crezut că se liniștise și s-a bucurat.

În fine, în ajunul ieșirii din spital, președintele a putut profita de o clipă de liniște împreună cu ea.

Catherine i-a zâmbit larg.

— Sunt mulțumită că mă întorc, Henri, da, sunt foarte mulțumită.

— Foarte bine, a spus el, fără să-și ascundă ușurarea.

— Mai înainte mi-era teamă să ies de aici fiindcă știam că mă expuneam celor care îmi vor răul. Acum sunt liniștită.

— Nu mai suferi de delir paranoic, mă bucur. Eram neliniştit.

Catherine a constatat că părea sincer. Ce actor de geniu...

— Da, mă întorc la Élysée fără teamă. În schimb, ție ar trebui să îți fie teamă.

— Ce spui?

— Teamă să nu mi se întâmple ceva.

— Fireşte că mi-e teamă să nu ți se întâmple ceva, totdeauna mi-a fost teamă să nu ți se întâmple ceva. Nimic nou sub soare.

— Nu, teama ta va fi şi mai mare decât înainte. Pentru că în ultimele zile am profitat de vizitele care mi-au fost făcute ca să-mi iau măsuri de siguranță. Începând de mâine, dacă mi se întâmplă ceva, va fi publicată o scrisoare. O scrisoare depusă la loc sigur în străinătate, departe de spionii tăi şi de acoliții tăi înarmați. O scrisoare în care povestesc atentatul din rue Fourmillon – ceea ce ştiu, adică mult – şi diversele accidente care tocmai mi s-au întâmplat, cu micile mele ipoteze referitoare la cel care le-a comandat. Dacă voi muri, după ce va apărea scrisoarea cu siguranță că va fi deschisă o anchetă serioasă, una adevărată, pe care nu o vei putea controla.

— Eşti nebună!

— Dacă mi se întâmplă ceva, s-a zis cu tine!

S-au privit cu ură. Era la fel de intensă ca dorința, la fel de violentă ca iubirea. Această situație le reamintea cât de importanți fuseseră unul pentru celălalt la începutul relației lor, cu diferența că sentimentele lor îi conduceau acum pe fiecare să dorească mai degrabă moartea celuilalt decât un viitor comun.

Medicul a intrat, s-a oprit în fața celor două persoane crispate, și, crezând că a întrerupt o declarație pasionată, și-a dres glasul.

— Scuzați-mă că vă întrerup, doamnă, domnule președinte.

Catherine a afișat un zâmbet amabil și a rostit pe un ton monden:

— Intrați, domnule profesor Valencienne, intrați.

Henri, nedorind să rămână mai prejos, l-a asaltat cu amabilități pe medic. Felicitându-l, i-a tras un scaun ca să stea aproape de el lângă patul bolnavei.

Jenat, ezitând, aproape reticent, medicul avansa nesigur.

— Știți, doamnă, domnule președinte, am făcut analize atunci când doamna a fost adusă la camera de gardă. În ceea ce privește accidentul și urmările lui, cred că am făcut tot ce se putea. Puteți să vă reluați viața de mai înainte.

Președintele i-a făcut semn medicului să ia loc. Acesta a mai refuzat încă o dată și i s-a adresat lui Catherine.

— Acum trebuie să vorbim despre o problemă de sănătate mai gravă, din nefericire. Analizele de sânge ne indică prezența unei tumori.

— O tumoare?

— O tumoare?

— Vreți să spuneți: cancer?

Profesorul a dat din cap.

Catherine și Henri s-au privit confuzi.

Henri s-a ridicat în picioare și a întrebat pe un ton autoritar care solicita un răspuns franc, imediat.

— Este grav, doctore?

Profesorul Valencienne și-a mușcat buzele, a privit peretele din stânga, apoi pe cel din dreapta, în căutarea unei inspirații pe care nu o găsea și a replicat contemplându-și încălțările albe:

— Îngrijorător. Extrem de îngrijorător.

Nici că se putea spune mai bine.

Președintele a lăsat să-i scape un „La naiba", înjurătura lui obișnuită, iar Catherine a leșinat.

Sănătatea lui Catherine se degrada rapid.

Revenită la Élysée, a sperat o vreme că se va vindeca, deși investigațiile medicale arătau că răul, fiind diagnosticat prea târziu, progresa cu o viteză fulgerătoare.

Chimioterapia a epuizat-o. Și-a pierdut pofta de mâncare. A început să-i cadă părul. Specialiștii au încetat să se mai înverșuneze împotriva metastazelor care invadau țesuturile și au hotărât să suspende tratamentul. Această întrerupere a făcut-o pe Catherine să înțeleagă că nu se va mai vindeca niciodată; a fost cuprinsă de o liniște stranie.

— Aceasta este soarta mea... Mi-era scris să mor aşa... acum...

În frica de moarte, există trei tipuri de teamă: teama de a nu şti când va surveni moartea, teama de felul în care vei muri şi teama faţă de necunoscutul pe care moartea însăşi îl reprezintă.

În ceea ce o privea pe Catherine, două elemente erau sigure: că se va stinge curând şi că aceasta se va datora unui cancer generalizat. Angoasa care putea să o macine de acum înainte nu se mai referea decât asupra stării sale; dar, fiindcă era credincioasă încă din copilărie, nu se temea de această taină; desigur, nu ştia nimic despre ea – aşa cum nu ştia nici despre altele –, dar avea încredere.

Henri a insistat să rămână la Élysée, lângă el, accesibilă prietenilor care o vizitau adesea.

Cu toţii erau surprinşi – inclusiv soţul ei – de blândeţea ei constantă. Acest calm provenea din faptul că îşi interiorizase cancerul. Într-o zi, o întrebase pe tânăra soră medicală care îi făcuse o injecţie cu morfină.

— Dacă aş fi vorbit mai devreme, dacă aş fi spus mai devreme tot ce aveam pe suflet, aş fi evitat cancerul? Dacă m-aş fi eliberat prin cuvinte, poate că acest rău nu s-ar fi multiplicat în mine.

— Cancerul este un accident, doamnă.

— Nu, cancerul este o consecinţă. Cancerul este uneori forma pe care o iau secretele care apasă prea mult.

Desigur, nu pretindea că are dreptate, dar acest punct de vedere îi permitea să accepte, să privească ceea ce era în ea, numai în ea, doar al ei: faptul că acest lucru se întâmpla. Departe de a fi un atentat venit din exterior, cancerul devenea un eveniment generat de corpul ei, de sufletul ei, de ea însăşi.

Rigaud, consilierul pentru comunicare al preşedintelui, dădea târcoale apartamentului. Catherine ştia că ura atât de mult bolile, încât refuzase să intre în spitalul în care agoniza tatăl lui şi a bănuit că este vorba despre altceva decât compasiune, aşa că l-a invitat la o ceaşcă de ceai şi i-a cerut să-şi elibereze conştiinţa.

— Aş vrea să vă rog ceva, doamnă, a admis el. Preşedintele trebuia să o facă în locul meu, dar este atât de bulversat de evenimente, încât nu îndrăzneşte. Uitaţi despre ce este vorba: putem să facem publică starea dumneavoastră şi să anunţăm... problemele dumneavoastră... în presă?

L-a privit fix, fără simpatie. Abia reuşise să-şi îmblânzească boala, că el voia să profite de pe urma ei.

— De ce?

— Preşedintele va începe campania pentru realegerea sa. Lumea începe să se întrebe de ce sunteţi absentă. Unii spun că v-aţi împotrivi acestui nou mandat; alţii şoptesc că există neînţelegeri în cuplul prezidenţial; sunt şi cei care consideră că aveţi o relaţie cu un negustor de tablouri newyorkez.

Catherine nu şi-a putut stăpâni râsul.

— O, bietul Charles... anticarul parizian, iată-l metamorfozat în negustor de tablouri newyorkez. Şi a devenit heterosexual traversând Atlanticul! Zvonistica face treabă bună...

— Da, doamnă, zvonurile false şi nocive se înmulţesc cu atât mai mult, cu cât mina gravă a preşedintelui le confirmă, a completat Rigaud stânjenit. I-o datoraţi dumneavoastră înseva preşedintelui, mariajului dumneavoastră exemplar. Să înlăturăm aceste umbre.

Catherine s-a gândit.

— Oamenii vor fi emoţionaţi, Rigaud?

— Oamenii vă adoră, doamnă. Să vă aşteptaţi la multe dovezi de simpatie şi de întristare. Veţi fi copleşită.

— Nu, voiam să spun că oamenii vor fi emoţionaţi pentru Henri Morel, bravul şi curajosul Henri Morel, care a suferit un atentat înainte de alegerile pentru primul mandat, iar apoi însoţeşte cu nobleţe agonia soţiei sale înainte de cel de al doilea.

— Este sigur că hazardul nu l-a ocolit pe bietul preşedinte Morel.

— Credeţi ceea ce spuneţi, Rigaud?

A privit-o intransigent, imperios, intens şi a ales să nu mintă: a tăcut.

Clătinând din cap, Catherine i-a aprobat tăcerea, dovedindu-i că nu este proastă, că ştie multe...

A trecut un minut fără ca vreunul dintre ei să dea un semn de slăbiciune.

— Bine, a conchis ea.

O oră mai târziu, Henri, avertizat de Rigaud, a dat buzna în apartament ca să o felicite călduros:

— Îţi mulţumesc, Catherine. Mă laşi deci să încep campania pentru un al doilea mandat?

— Pot eu să te opresc?

A rămas perplex, întrebându-se dacă nu cumva, din cauza tratamentului şi a medicamentelor, uitase de ameninţări. S-a apropiat, i-a strâns mâna şi a întrebat-o cu blândeţe:

— Poţi să-mi spui ce gândeşti?

Nu, nu putea. Nu mai ştia. Totul devenise confuz. Lacrimile îi umpleau ochii.

Henri a îmbrăţişat-o, a ţinut-o multă vreme în braţe, apoi, simţind că se relaxează şi adoarme, a lăsat-o să se odihnească.

Boala schimbase totul între ei: agresivitatea dispăruse.

Catherine, acceptându-şi destinul tragic, nu voia să mai atace; nu numai că nu-i stătea de fapt în fire să o facă, dar îşi aducea aminte de săptămânile care precedaseră descoperirea tumorii; asocia ironia, sarcasmul şi violenţa cu deteriorarea sănătăţii ei!

Catherine îşi impunea tăcerea, în vreme ce Henri practica amnezia condiţionată: el se comporta „ca şi cum", ca şi cum soţia lui nu şi-ar fi exprimat niciodată dispreţul faţă de el, ca şi cum nu l-ar fi ameninţat să dezvăluie ceea ce ştia despre atentatul din rue Fourmillon, ca şi cum nu-şi depusese în străinătate un testament compromiţător pentru el. Tot excluzând aceste episoade, aproape că se îndoia că au existat în realitate. Se agăţa de îndatorirea lui de soţ ideal aşa cum un înecat se agață de un fir de pai, era mântuirea lui, realitatea pe care dorea să o construiască. „Să-mi asum spectacolul, să nu-mi ies din rol, să nu dau la iveală nici una din neliniștile mele, nimic din tumultul meu interior", își șoptea.

Nu avea dreptate? Uneori forma salvează. Când dezordinea amenință, doar aparențele ne împiedică să nu ne prăbușim în haos; aparențele sunt puternice, ne țin, ne înlănțuie. „Să nu cad, să nu mă prăbușesc, să nu cedez fricii, nici fricii de ceea ce îndură ea, nici fricii de cum mă va pedepsi", își repeta președintele.

Nu mai știau ce gândesc. Nici despre ei înșiși, nici despre celălalt. Dezastrul pusese pe masă cărțile unui joc ale cărui reguli nu le cunoșteau; totuși, boala le dăruise amândurora o înțelepciune neașteptată: trebuia să trăiască momentul, să conștientizeze propria efemeritate, să nu se încreadă decât în provizorat. De atunci, înfruntau în fiecare zi ascensiunea pe un munte fără să se gândească la ziua de mâine. Dacă între ei rămâneau multe detalii nerezolvate, aveau să se ocupe de ele la momentul potrivit, nu mai înainte.

Presa a anunțat boala lui Catherine și efectul a fost cel al unei deflagrații. Radioul, ziarele, televiziunile nu au vorbit, o săptămână întreagă, decât despre asta, într-atât era de populară, adică de iubită și respectată. Lui Catherine i s-a părut că citește propriul necrolog; uneori câteva complimente măguleau; alteori se descoperea drăguță, chiar foarte drăguță în fotografiile reproduse ori în filmele de arhivă pe care le exhumau posturile de televiziune, cu atât mai drăguță, cu cât în aceste ultime săptămâni boala îi atacase frumusețea. Când s-a surprins pe cale să se felicite, a roșit, apoi s-a iertat: la urma urmei, ce alte bucurii narcisiste îi mai rămâneau?

Totuși, când a descoperit că străzile din apropierea parcului palatului erau pline de paparazzi, care se cocoțau pe ziduri pentru a fura cu teleobiectivul o fotografie a primei doamne a țării bolnavă, l-a convocat pe consilierul prezidențial pentru comunicare.

— Dragul meu Rigaud, trebuie ca ziariștii să înceteze pânda, altminteri nu vor mai avea cartușe pentru moartea mea, a spus ea.

Rigaud a înghițit gălușca și a promis că va deturna comentariile asupra președintelui.

De fapt, în campania lui Henri Morel, demnitatea, curajul, acea forță incredibilă care îl făcea în stare să lupte au monopolizat atenția. În timp ce oamenii politici erau prezentați zâmbind cu gura până la urechi, el apărea mereu cu buzele strânse, cu fruntea umbrită de gânduri sumbre, privirea mohorâtă.

De îndată ce putea, i se alătura – mult mai des decât și-ar fi imaginat – pentru a petrece împreună cu ea când un moment de tăcere, când un moment în care, monologând strălucit, îi povestea înfruntările, proiectele, intențiile, decepțiile adversarilor lui. Catherine îl asculta binevoitoare.

În sfârşit, a venit şi ziua în care medicul care o îngrijea pe Catherine a cerut să fie mutată într-o instituţie specializată, mai potrivită pentru starea în care se afla. Henri a vrut să protesteze, să se opună; Catherine a acceptat printr-o simplă înclinare a capului.

Se îndrepta spre Casa Rita, o clinică situată în regiunea plină de verdeaţă Loiret, o clădire superbă ridicată în mijlocul unui parc în care creşteau arbori seculari şi zumzăiau mii de albine – se menţiona în pliantul de prezentare.

Preşedintele, care o însoţea în limuzină, s-a indignat atunci când a văzut numele înscris cu litere aurite deasupra porţii de fier de la intrare.

— Casa Rita! Cât gust! Să o evoci pe Rita, patroana cauzelor disperate, ca să denumeşti o instituţie medicală!

— Henri, nu sunt proastă, a şoptit Catherine. Ştiu foarte bine că este vorba de un centru de îngrijiri paliative în care sunt primiţi bolnavii incurabili.

— Dar...

— Ştiu că nu voi mai ieşi niciodată de aici.

— Nu spune asta.

— Ba da. Aşa că mie îmi convine Casa Rita. Ştii povestea Sfintei Rita?

În timp ce maşina înainta pe alee, zdrobind sub roţi pietrişul care scrâşnea, Henri şi-a privit soţia mirat, întrebându-se dacă nu cumva îşi bătea joc de el. Prudent, a răspuns pe un ton neutru:

— Nu sunt expert în hagiografie.

— Înainte să devină un bibelou religios, Rita a fost o femeie, o femeie reală, o italiancă din secolul al XV-lea, care a izbutit să facă un lucru imposibil: să reconcilieze două familii care aveau toate motivele să se urască – familia soțului ei și familia celui care i-a înjunghiat soțul. Nu exista o persoană mai potrivită pentru a atenua ura și meschinăria, pentru a celebra iubirea și iertarea. Bolnavă – avea o rană purulentă pe frunte – a trăit totuși mult, plină de bunătate, de energie, de optimism, făcând bine în jurul ei.

— Mă surprinzi, Catherine.

— Chiar dacă nu mai credem în sfinții Bisericii Catolice, trebuie să recunoaștem că această denumire nu a fost atribuită unor oameni fără merite.

— Fie.

— Cine știe ce se poate întâmpla într-o casă care poartă un astfel de nume? a adăugat ea, savurând bucuroasă, de îndată ce a fost coborâtă fereastra, freamătul frunzelor, mirosul de pământ reavăn, parfumul florilor din răzoare.

Președintele Morel a interpretat această frază ca pe o dorință de vindecare și, plin de milă față de o muribundă care mai spera încă, a preferat să încheie discuția.

În apropierea unui pâlc de stejari falnici, clădirea se ridica înaltă, albă, pe jumătate conac, pe jumătate castel, cu un peron larg, scară încadrată de lei sculptați, porți împodobite cu blazoane. Directoarea instituției, o femeie blondă, îi aştepta în faţa intrării cu personalul aliniat pe trepte, aşa cum aşteptau odinioară servitorii castelului întoarcerea stăpânului. Directoarea a repetat sintagma „foarte onorată" faţă de preşedinte şi de prima doamnă a ţării, conferind un aer de vizită administrativă realităţii sordide. Henri şi Catherine s-au privit rapid unul pe altul gata să izbucnească într-un hohot de râs, ceea ce nu li se mai întâmplase de ani de zile, atunci când le-a prezentat imensul bufet cu produse specifice regiunii, cu mândria celei care tocmai inventase fursecurile.

Catherine a fost instalată într-o încăpere spaţioasă, ale cărei ferestre dădeau spre parc, apoi preşedintele a plecat, fiindcă îl chema datoria. A sărutat-o pe frunte şi a promis că va reveni curând.

Timp de trei zile nu a putut să o vadă, în ciuda dorinţei sale sincere. Campania prezidenţială se intensifica, iar el trebuia să-şi dedice timpul şi energia acestei lupte. Primea informaţii despre Catherine la fiecare două ore, şi i s-a transmis că aceasta ceruse un carnet şi începuse să scrie.

Henri a înţeles ce se întâmplă.

— Acum se confesează în scris ca să mă distrugă. Trebuie să merg repede şi mai des să o văd. Cu cât voi merge mai puţin să o văd, cu atât mă va copleşi.

Convins că prezenţa lui îi va limita posibilitatea soţiei sale de a-şi vărsa veninul, Henri tot nu a izbutit să găsească cele trei ore necesare, nici în acea zi, nici în celelalte trei care au urmat.

Duminică, un elicopter l-a dus la Casa Rita.

Directoarea servilă, uimită de această risipă de logistică, l-a condus, până la camera soției sale. Când i-a deschis ușa, lui Henri i s-a tăiat răsuflarea.

Așezată în fața mesei, aplecată asupra carnetului ei, Catherine se schimbase: înainte fusese mai mult drăguță decât frumoasă, având o fețișoară delicată, încântătoare, dar acum chipul ei căpătase, din cauza bolii care îi scobea obrajii, îi umbrea pleoapele și îi făcea tenul ca de ceară, trăsăturile unei măști extrem de frumoase, o frumusețe liniștită, nobilă, hieratică, o frumusețe care mai mult impresiona decât plăcea. Henri, care nu sesizase nimic pentru că o vedea zilnic, își dădea seama de amploarea transformării care avusese loc în ea. O parte din această femeie părăsise învelișul carnal și lumea celor vii.

— Bună ziua, draga mea.

I-au trebuit câteva secunde ca să reacționeze – totul se încetinise în ea – s-a întors, l-a văzut pe Henri și i-a zâmbit. Președintelui i s-a părut că această primire este sinceră.

Totuși, când s-a apropiat, Catherine a acoperit cu palmele paginile pe care tocmai le scrisese pentru ca el să nu vadă ce era notat. A închis carnetul și l-a pus între genunchi.

Acest gest reflex l-a demoralizat pe Henri. Avea dreptate aşadar: Catherine se răzbuna.

Timp de o oră i-a făcut conversaţie, explicând de ce nu a venit mai des, povestind în amănunt, cu umor, treburile care l-au reţinut în acea săptămână. Îl asculta atentă şi, deşi nu mai era în stare să râdă, mijea ochii în momentele în care, altădată, ar fi izbucnit în hohote.

Tot depănând anecdote, Henri nu se gândea decât la carnet. De ce nu avea curajul să-l ia? Sau să-i vorbească despre el?

Brusc l-a arătat cu degetul.

— Scrii?

Faţa lui Catherine s-a luminat.

— Şi ce scrii, dacă nu sunt indiscret?

A ezitat, şi-a căutat cuvintele, apoi s-a bucurat dinainte de cele pe care le găsise.

— Este un secret.

— Poţi să mi-l împărtăşeşti? a insistat el cu blândeţe.

Catherine s-a tulburat din nou, şi-a ferit privirea şi a rostit încet, fixând parcul luminat de razele apusului:

— Dacă îl împărtăşeşti cuiva, nu mai e un secret.

— Aş putea să-l citesc într-o bună zi? a continuat el înghiţind în sec, stăpânindu-şi iritarea.

Un licăr s-a aprins în privirea lui Catherine. Gura ei a schiţat un rictus amar.

— Da.

Tăcerea devenea grea. Fereastra camerei, larg deschisă, lăsa să pătrundă ciripitul grangurului şi ciocănitul lui în scoarţa copacilor. Totul era calm, îndepărtat, trăia odihna unei grădini naturale.

Henri nu a aprins lumina, lăsând întunericul să umple încăperea. La urma urmei, acest apus de soare reproducea iubirea lor: ceea ce fusese luminos devenea sinistru, murdar, zdrobit de tenebre.

A sărutat-o pe frunte şi a plecat.

Luni, la ora şase dimineaţa şi cu o extremă discreţie, l-a convocat pe generalul Reynaud, şeful serviciilor secrete, şi i-a împărtăşit îngrijorarea lui: se temea ca soţia lui, bolnavă şi sub influenţa medicamentelor, să nu pună pe hârtie fraze care ar fi greşit interpretate, dacă nu chiar folosite împotriva lui de către duşmanii săi. Generalul trebuia să trimită imediat pe cineva care să recupereze paginile respective.

Liniştit, preşedintele Morel s-a întors la îndatoririle sale.

Săptămânile care au urmat, foarte ocupat, excedat, participând la întâlnirile din studiourile de televiziune, acceptând dezbateri violente cu adversarii politici, nu a reuşit, deşi ros de vinovăţie, să-şi vadă soţia decât de trei ori. La fiecare vizită se simţea atât de stânjenit, încât se arăta aspru, insuficient de tandru: faptul că putea să observe progresele declinului îl crispa şi mai tare. Deşi Catherine nu părea supărată, el ştia că o irită, că o determină să-şi continue răzbunarea scriind.

A sosit şi ziua alegerilor. În primul tur, Henri Morel a obţinut doar 44% din voturi, insuficient ca să câştige, dar cu şanse mari pentru turul al doilea: contracandidaţii săi primiseră fiecare numai 10% din voturi. Acest rezultat îi permitea să considere că repartiţia ulterioară a voturilor îi va fi favorabilă.

S-a avântat în luptă cu toată energia de care dispunea, mai ales pentru că astfel atenţia lui nu se mai focaliza pe agonia lui Catherine.

În duminica în care a avut loc cel de al doilea tur de scrutin, Henri Morel a câştigat mandatul de preşedinte cu 56% din voturi: un triumf! Cartierul său general exulta, membrii partidului său plesneau de bucurie, lumea a ieşit pe străzi cântând, dansând, agitând steaguri. Henri însuşi a fost obligat să coboare pe Champs-Élysées în maşina decapotabilă şi să mulţumească oamenilor care îl aclamau.

Apoi, în faţa camerelor de luat vederi, comentând alegerile, s-a străduit să păstreze un chip grav, pentru că nu dorea să i se reproşeze, câteva zile mai târziu, la înmormântarea lui Catherine, că s-a bucurat excesiv. Spre marea lui surprindere, şi-a dat seama că nici nu era prea greu să se arate demn şi introvertit.

Noaptea a sărbătorit victoria împreună cu stafful său.

În zori, singur în apartamentul de la mansarda palatului Élysée, s-a privit gol în oglindă – fără simpatie şi fără complezenţe – şi s-a oprit câteva minute pentru a analiza sentimentele care îl tulburau: nu dorea ca soția lui să moară și aceasta atât din motive bune, cât și din motive rele. Bune fiindcă era marcat de o suferință profundă, mai intensă decât ar fi crezut, văzându-și soția distrusă de boală. Rele, fiindcă moartea ei însemna că adevărul va ieși la iveală, odată cu dezvăluirea atentatului din rue Fourmillon și al altor detalii compromițătoare, o explozie de nesfârșite murdării care puteau să-i distrugă viitorul politic, atât de fericit oficial.

La amiază, când a ajuns la Casa Rita, Catherine tocmai intrase în comă. Sora roșcată care îi stătuse la căpătâi mărturisea că prima doamnă a țării urmărise la televizor imaginile realegerii, plânsese și pe urmă adormise. Dimineața își pierduse cunoștința.

Un medic a confirmat că nu-și va mai reveni; moartea avea să survină în patruzeci și opt de ore.

Henri, parcă setat pe pilot automat, primea aceste vești dând mecanic din cap. Era atât de șocat, încât nu simțea nimic.

După ce a ascultat-o până la sațietate pe directoarea Casei Rita repetând ceea ce fiecare îi spusese deja cu glas uscat, cu autoritatea sa administrativă lipsită de substanță, a profitat de un moment de singurătate cu Catherine pentru a căuta carnetul.

Zadarnic.

Înspăimântat, a crezut că agentul trimis de generalul Reynaud îl găsise înaintea lui. Dar nu putea fi sigur.

Seara, la Paris, a organizat o întâlnire discretă cu șeful serviciilor secrete, care l-a informat că agentul său, infiltrat cu o lună înainte la bucătăria clinicii, nu reuşise nici el să pună mâna pe carnet. De obicei, Catherine îl ţinea sub saltea, dar în dimineaţa în care ea intrase în comă agentul nu l-a găsit.

Henri a crezut că îi fuge pământul de sub picioare. A doua zi s-a întors la Casa Rita, pretextând că vrea să stea de veghe la căpătâiul soţiei sale, iar la prânz a făcut scandal la conducerea instituţiei: unde a dispărut jurnalul lui Catherine? Carnetul trebuia să-i fie predat într-o oră! O echipă condusă de directoarea servilă a făcut investigaţii ore în şir, a scotocit casa din pod până în pivniţă, inclusiv vestiarele personalului, dar tot nu l-a găsit.

Preşedintele a insistat să fie interogat fiecare angajat: martor al interogatoriilor, a constatat că nu avea nici un indiciu. După ce ultima soră medicală a fost interogată, era gata să-şi iasă din fire; atunci a apărut medicul şi a anunţat moartea primei doamne a ţării.

Catherine Morel nu mai era.

În acea clipă, Henri Morel a pătruns într-un culoar îngheţat de unde nu avea să mai iasă săptămâni la rând: se ştia pierdut.

La Élysée a profitat de ceea ce toţi numeau „lovitura suferită“, nu s-a implicat în organizarea funeraliilor. Rigaud, în largul lui în acest gen de situaţii, a pus la punct o ceremonie la catedrala Notre-Dame din Paris, transmisă în direct pe un ecran uriaş plasat în faţa edificiului şi pe toate canalele de televiziune din Franţa.

Coşciugul, încadrat de garda naţională care îi aducea strălucirea coifurilor şi nervozitatea rasată a cailor, a fost condus într-un dric potopit de trandafiri albi până înaintea porticului; apoi, artişti plastici tineri l-au dus în nava catedralei. Cardinalul Steinmetz, credinţă de oţel, voce de bronz, a ţinut liturghia, întreruptă de coruri, de un solo interpretat de cea mai bună cântăreaţă de operă şi de interludii simfonice. Chemat aproape de altar, preşedintele Morel, cu ochelarii aşezaţi modest pe nas, a ţinut un discurs pregătit de o strălucită funcţionară, angajată pentru redactarea scrisorilor prezidenţiale şi căreia nici acum nu i se putea reproşa nimic: nici lirismul, nici elanurile sentimentale. Citind ultimele paragrafe, el însuşi bulversat de suferinţa celei care l-a scris, molipsit de emoţia care stăruia în catedrală, Henri nu şi-a ascuns de miile de invitaţi lacrimile împotriva cărora lupta ca să rămână demn. Când fiica lor surdo-mută a venit să-şi omagieze mama printr-un discurs alcătuit din semne, grimase şi gesturi, toată lumea – deşi nu pricepea nimic – a fost extrem de tulburată, într-atât era de expresivă; acesta a fost momentul culminant al emoţiilor generate de funeralii – copila tăcută adresându-se în tăcere unui coşciug tăcut. Au izbucnit aplauzele. Cam ruşinat, cu capul în pământ, Henri şi-a spus că soţiei sale nu i-ar fi plăcut acest moment de exhibiţionism.

Câteva ore mai târziu, când pământul acoperea trupul lui Catherine, Henri se gândea la necazurile care îl aşteptau: dezvăluirea manipulărilor sale, dezonoarea, procesele, anularea alegerilor.

Deşi lansase serviciile secrete pe urma carnetului, investigaţiile nu s-au soldat cu nici un rezultat. Degeaba au căutat agenţii în locuinţele prietenilor lui Catherine, inclusiv în cea a lui Charles, anticarul, sau a fiicei lor, carnetul era de negăsit.

Henri Morel nu le mărturisise nici lui Rigaud, nici generalului Reynaud că se temea de conţinutul devastator al carnetului. Le ascunsese şi neînţelegerile dintre el şi soţia lui, acele luni de luptă care au precedat iar apoi au însoţit agonia lui Catherine. Aceştia, ca atâtea alte milioane de oameni, credeau în „iubirea exemplară“.

Într-o bună zi, generalul Reynaud a cerut să fie primit de şeful statului.

Nerăbdător, Henri şi-a golit biroul de consilieri şi l-a primit.

— Ei, generale, îl aveţi? Îl aveţi, în sfârşit?

— Nu, domnule preşedinte, dar l-am localizat: se află în Canada.

— Ce să caute acolo?

— Va fi publicat de o editură.

— Ce?

— Am consultat experţi juridici: nu avem nici o portiţă, totul este legal. Textul a fost încredinţat surorii medicale care a avut grijă de soţia dumneavoastră, însoţit de o scrisoare semnată de domnia sa în prezenţa unui notar, care indica şi valida paşii următori. Această publicare este împlinirea ultimelor sale dorinţe.

— Trebuie contestat, trebuie să pretindem că este un fals.

— Imposibil. Fiecare pagină a fost redactată de mâna sa. Iar personalul clinicii a văzut-o săptămâni întregi scriind.

Henri şi-a cuprins capul în palme.

— Nenorocita, s-a gândit la tot!

Reynaud a crezut că are halucinaţii: domnul preşedinte nu ar fi rostit un asemenea cuvânt la adresa soţiei sale adorate. Bătrânul militar a tuşit, a roşit, s-a fâţâit în fotoliu, ruşinat că a înţeles greşit.

— Mulţumesc, Reynaud, mulţumesc. Cereţi-i lui Rigaud să valideze analiza dumneavoastră. Mai exact că nu putem interveni...

— Aşa voi face, domnule preşedinte.

S-a ridicat şi a salutat. La uşă. Preşedintele l-a oprit:

— Reynaud, cum se intitulează cartea?

— *Bărbatul pe care l-am iubit.*

— *Bărbatul pe care l-am iubit*?

— Un titlu frumos, nu-i aşa, domnule preşedinte?

Henri l-a aprobat dând din cap numai ca să scape de el.

Ce tâmpit! *Bărbatul pe care l-am iubit* – un titlu frumos? Nu, era dovada că îşi bătea joc de el. Măcar să fi optat pentru *Bărbatul pe care l-am iubit şi care nu mai există* sau pentru *Bărbatul pe care l-am iubit şi pe care am greşit iubindu-l.* Titlul acesta era vitriol, otravă, apocalipsă şi adresa un mesaj clar francezilor: „Bărbatul pe care l-aţi iubit şi pe care aţi greşit iubindu-l, bărbatul pe care l-aţi crezut demn, cinstit şi generos nu este decât un ticălos!“, da, asta însemna exact: Bărbatul care v-a înşelat!

— Rigaud!

Urlase în telefon. Peste câteva clipe, Rigaud a intrat gâfâind în biroul prezidenţial.

— Rigaud! Mergi în Canada. Descurcă-te cum ştii, fur-o, cumpăr-o, fotocopiaz-o, dar adu-mi cât mai repede un exemplar din această carte. Imediat!

Treizeci şi şase de ore mai târziu, Rigaud a aterizat la Roissy, s-a urcat pe o motocicletă-taxi ca să se strecoare mai lesne prin Paris şi a dat buzna în cabinetul preşedintelui.

— Iată, domnule preşedinte, un exemplar din *Bărbatul pe care l-am iubit*!

— Ei bine?

— Ce anume?

— Ai citit cartea?

— Nu aveam dreptul, nu primisem instrucţiuni, nu doriţi să...

— Rigaud, te cunosc bine! Ai citit-o? Nu?

— Da, domnule, preşedinte.

— Şi? a tunat Henri.

Rigaud s-a îmbujorat, s-a smiorcăit, pe urmă a spus, ferindu-şi privirea:

— Este minunată, domnule preşedinte... Copleşitoare! Cea mai frumoasă declaraţie de dragoste pe care am citit-o vreodată.

Şi-a scos din buzunar batista despăturită şi umedă.

— Iertaţi-mă, dar numai când îmi amintesc de carte îmi vine să plâng.

Roşu la faţă, a ieşit din birou suflându-şi nasul.

Descumpănit, neliniştit, Henri a luat volumul şi l-a deschis.

„În fiecare clipă, petrecută în camera unde am venit să-mi aştept sfârşitul mă bucur totuşi. Inima mea, sufletul meu îi sunt recunoscătoare: l-am întâlnit. Am să mor, desigur, dar, dacă am trăit, dacă am trăit puţin, dacă am trăit mult, este datorită lui Henri. Şi numai lui.

Adeseori tremur la gândul că aş fi putut să nu merg la bistroul acela parizian de unde îmi luam ţigări, să evit masa aceea de furnir unde, împreună cu colegii lui deja reconstruia lumea. De îndată ce l-am văzut..."

Henri nu a mai lăsat cartea din mână până n-a terminat-o. Închizând volumul, nu numai că hohotea de plâns, ca toate persoanele care aveau să-l citească, dar era transfigurat: îşi regăsise soţia, o adora din nou.

Pe patul de moarte, Catherine compusese un cântec dedicat iubirii absolute, neaşteptat, în care celebra bărbatul unic, cel care o încântase, o entuziasmase, o surprinsese mereu, bărbatul curajos, inteligent şi hotărât pe care îl admira.

Vieţile noastre sunt astfel create încât privirea pe care le-o aruncăm le face teribile sau minunate. Evenimente identice pot fi interpretate ca nişte bucurii sau ca nişte catastrofe. Dacă, în timpul disputelor dintre ei, Catherine privise cuplul lor ca pe o poveste a unei minciuni, în ultimele luni de viaţă o reconsiderase şi descoperise în ea iubirea.

Există destine asemenea unor cărţi: lectura le conferă sens. Cartea închisă rămâne mută; nu va vorbi decât dacă va fi deschisă, iar limbajul pe care îl va folosi va fi al aceluia care se apleacă asupra ei, colorat de aşteptările, dorinţele, aspiraţiile, obsesiile, violenţele, tulburările lui. Faptele sunt ca frazele dintr-o carte, nu au sens prin ele însele, ci doar sensul care le este conferit. Catherine fusese sinceră când îl iubise pe Henri, sinceră când îl urâse. De fiecare dată ordonase trecutul în funcţie de ceea ce simţea în prezent. În pragul morţii iubirea punea din nou stăpânire pe ea; aşadar, firul secret care cosea evenimentele vieţii lor, devenit firul scriiturii, fusese cel al iubirii.

La o lună după ce cartea a fost publicată şi s-a bucurat de un adevărat triumf, sora medicală, confidenta lui Catherine, a fost primită la o întâlnire cu preşedintele. Deşi se arăta foarte binevoitor sau poate pentru că se arăta atât de binevoitor, ea i-a cerut să o ierte: îl minţise când nu i-a dat carnetul pe care îl cerea atunci, la Casa Rita, însă îi era loială doamnei Morel.

— Dacă aţi şti cât vă idolatriza, domnule preşedinte! Vă aştepta de dimineaţa până seara. Nu trăia decât pentru dumneavoastră. Ştiindu-şi sfârşitul aproape, avea două scopuri: să scrie această carte şi să nu vă stânjenească în realegerea dumneavoastră. În duminica aceea, când a asistat la succesul dumneavoastră, transmis de televiziuni, a plâns şi a spus: „Este bine, a câştigat, acum pot să plec". Câteva ore mai târziu intrase în comă. Numai o iubire supraumană i-a permis să reziste atâta vreme.

Ultimul mandat al lui Henri Morel, când a fost luat în discuţie de analiştii politici – cum s-ar putea altfel? – le-a oferit tuturor, inclusiv adversarilor săi politici cei mai îndârjiţi, prilejul de a admira omul.

Nu numai că nu a mai avut amante, dar a înfiinţat un fel de cult al soţiei sale, cult care se dovedea cu atât mai sincer, cu cât era mai discret. Portretele lui Catherine, fotografii sau tablouri, au invadat spaţiul intim al preşedintelui, chiar şi baia lui. Folosind banii proprii şi sprijinul unor mecena, a întemeiat Fundaţia Catherine Morel, dedicată artei contemporane, pasiunea defunctei sale soţii. Fundaţia venea în sprijinul tinerilor artişti prin comenzi, burse, donaţii. În paralel, preşedintele părea că recuperează timpul pierdut şi citea, în sfârşit, cărţile pe care i le recomandase odinioară Catherine. În fiecare seară, se izola în fostul lor salon, punea muzica după care se înnebunea ea, un parfum ambiental pe care tot ea îl alesese şi plonja în acele volume. Printre pagini, dincolo de dispariţia ei, i se alătura şi încerca să continue – sau să lege? – un dialog cu ea.

Acest devotament integru a emoţionat sufletele pure.

Există vreun sentiment care să nu poarte în el şi contrariul său, asemenea căptuşelii unei stofe? Există iubire care să fie eliberată de ură? Mâna care mângâie va apuca de îndată pumnalul. Există o pasiune exclusivă care ignoră mânia? Nu suntem capabili să ucidem din aceeaşi pornire care uneşte, prin care se transmite viaţa? Sentimentele noastre nu sunt schimbătoare, ci ambigue, negre sau albe, în funcţie de impact, tensionate de contradicţiile lor, ondulate, şerpuitoare, capabile de ce-i mai bun şi de ce-i mai rău.

Iubirea se rătăcise prin culoarele timpului. El şi Catherine s-au întâlnit, apoi s-au ratat unul pe celălalt pentru ca în cele din urmă să se aprecieze ca şi cum ar fi văzut o înregistrare video prealabilă, unul aprinzându-se de iubire când celălalt era plin de ură; moartea abolise realitatea şi neajunsurile acesteia. Amintirea permitea să fie corectate greşelile, să fie suprimate neînţelegerile, permitea reconstruirea întregului. De acum înainte, Henri era copleşit de iubire. Cu sinceritate.

Când, renunţând la un al treilea mandat, a ieşit la pensie, preşedintele Morel a devenit solidar cu trecutul. Singuratic, împăcat, zâmbitor marele lider şi-a consacrat anii care îi mai rămăseseră de trăit pentru a-şi scrie memoriile. Pentru prima oară confidenţele unui şef de stat, chiar dacă relatau foarte exact ambiţia şi opera lui politică, se intitulau simplu, omagiind-o pe cea care îi lipsea şi pe care o adora mai presus de orice, *O iubire exemplară*.

Mi-am făcut un obicei să includ în a doua ediție a cărților mele jurnalul de scriitură care le-a însoțit şi am descoperit că cititorii îi apreciau conținutul. Pentru prima oară adaug aceste pagini primei ediții. Este vorba despre fragmente din jurnalul meu referitoare la cartea pe care tocmai o scriam.

Ieri de dimineață. În mintea mea a erupt o idee atât de puternică, atât de seducătoare, atât de peremptorie încât în patruzeci și opt de ore s-a instalat la mine, mi-a schimbat planurile, dispozițiile, întrebările și a pus stăpânire pe viitorul meu. Mă consideră un partener care i se supune. Mai rău! Își aduce și familia.

În timp ce îi deschideam ușa, eram deja condamnat; nu mai am de ales: trebuie să scriu.

În ce constă această idee? În tinerețe, un om refuză să-l salveze pe altul. Drept urmare, criminalul își descoperă propria monstruozitate, se urăște și se transformă radical. Douăzeci de ani mai târziu, după ce-a devenit altruist și generos, este descoperit de victima lui. Iar victima s-a transformat la rândul ei: suferința a făcut-o ranchiunoasă, morocănoasă, crudă... Experiența acestor doi oameni a inversat pozițiile avute mai înainte: victima s-a transformat în călău, asasinul se comportă ca un om bun. O mântuire întâlnește o damnare... ce se întâmplă?

De îndată ce am notat ideea, surorile ei au și sosit. Această temă a ființelor definite în funcție de alegerile sau de traumatismele lor a generat alte povestiri.

În seara aceasta sunt deja la a opta sau a noua. Bucuria mă împiedică să simt oboseala.

Aşadar exista o certitudine: iată o carte care cere să vină pe lume.

*

În ciuda a ceea ce se crede, o carte de nuvele este o carte adevărată, cu o temă şi o formă. Nuvelele au o autonomie care le permite să fie citite separat, dar fac parte dintr-un proiect global, cu un început, un mijloc şi un final.

Ideea cărţii precedă nuvelele, ea convoacă şi creează nuvelele în imaginaţia mea.

Astfel am conceput *Cea mai frumoasă carte din lume şi alte povestiri* şi *Visătoarea din Ostende*.

Nu alcătuiesc un buchet din flori de ici-colo, caut florile în funcţie de buchet.

*

Uneori mi se întâmplă să scriu nuvele pentru un eveniment, o cauză, o comemorare. Aceste nuvele rămân pe foi volante. Dacă le-aş strânge într-o culegere, le-aş numi *Nuvele adunate*, pentru a distinge această culegere de cărţile de nuvele concepute ca o operă de sine stătătoare. Ele vor fi adunate într-un volum, ele nu vor constitui un volum.

*

„Criminala“...

Ca întotdeauna, personajul în a cărui piele intru scriind m-a copleşit. Iată-mă metamorfozat într-o doamnă în vârstă – nimic nou aici – asasină în serie – cu asta sunt mai puţin obişnuit... Cum de reuşesc autorii de romane negre să ducă o viaţă normală? Mă tem pentru semenii mei... De câteva zile am devenit la fel de malefic ca şi ucigaşa mea, nu am nici o milă, îi omor pe oameni cu reflecţiile, jubilez după ce o fac. În bucătărie, în locul sticlelor de ulei sau oţet văd fiole de otravă, visez lucruri oribile în timp ce-mi asezonez sosurile. Ieri-seară eram aproape dezamăgit să mănânc o tocăniţă de ciuperci care nu aveau nimic periculos.

Personajele nu-mi dau pace nici când scriu. Mă urmăresc şi uneori vorbesc în locul meu. Rolul se lipeşte nu doar de pielea mea – ceea ce nu e grav –, ci şi de mintea mea. Declanşează în mine tot ceea ce îi este asemănător. Dacă personajul este negativ, îmi exaltează răutatea.

Scriind *Partea celuilalt*, romanul meu dedicat lui Hitler, tremuram...

În acea noapte eram atât de tulburat, încât m-am gândit, ca să mă vindec, să încep o biografie a Sfântului Francis din Assisi...

Sau a lui Casanova?

*

Aceste povestiri parcurg meandrele existenței întrebându-se dacă sunt căile libertății sau drumurile determinismului.

Suntem liberi?

Întrebarea e mai tare decât răspunsurile și va supraviețui tuturor răspunsurilor. Căci mi se pare necinstit sau grosolan sau stupid să afirmi ceva ca și când ar fi o certitudine.

Avem sentimentul libertății când deliberăm, când ezităm, când alegem. Nu este oare sentimentul acesta o iluzie totuși? Hotărârea luată nu trebuia oricum să fie luată? În creierul nostru apare opțiunea, dar nu este el condiționat să realizeze acest lucru? Și dacă e vorba de o necesitate determinată care se deghizează în liber-arbitru…

Filozofii, alegând polul Descartes – libertatea există – sau polul Spinoza – libertatea nu există –, se înfruntă fără ca din această luptă să rezulte un învingător. De ce? Pentru că se înfruntă prin argumente, nu prin loviturile dovezilor. Teorie împotriva teoriei. Rezultatul: problema rămâne.

Mărturisesc faptul că sunt mai atras de partizanii libertății, asemenea lui Kant sau lui Sartre, căci am avut impresia, în viața mea, că-mi experimentez mereu libertatea. Am nevoie să cred în libertate din motive morale: nu există nici etică, nici dreptate întemeiate dacă omul nu este liber, autorul actelor sale, prin urmare, responsabil; nu există pedeapsă, nici merit. Blamăm o piatră care cade? O pedepsim? Nu.

Totuşi, a avea nevoie de libertate din motive morale nu înseamnă că libertatea există. A postula libertatea nu înseamnă să demonstrezi libertatea.

Întrebarea rămâne.

Aceasta este intimitatea esenţială a condiţiei umane: să trăiască mai mult cu întrebările decât cu răspunsurile.

*

În luna octombrie am efectuat un turneu în Statele Unite şi în Canada anglofonă pentru a prezenta traducerea în limba engleză a cărţii mele *Odette Toulemonde*[1], care a devenit prin magia traducerii, *The most Beautiful Book in the World*, după titlul ultimei povestiri din volum, ceea ce reprezintă, de asemenea, cel mai modest titlu din lume.

Cartea este bine primită. Ia te uită! Înseamnă că Franţa are o imagine bună în acest moment, pentru că receptarea făcută foarte puţinelor cărţi franţuzeşti publicate aici reflectă starea de sănătate a relaţiilor internaţionale. Mă amuză să aflu că doar francezii amestecă anecdota cu filozofia pentru a vorbi cu lejeritate şi profunzime despre subiecte grave. Astăzi suntem de acord. În alte dăţi mi s-ar fi reproşat acest lucru...

---

1 *Cea mai frumoasă carte din lume*, Humanitas Fiction, Bucureşti, 2011. (N. tr.)

În timpul festivalelor de literatură, al lecturilor publice în care mă oblig să folosesc traducerea americană, reacția auditoriului şi a cititorilor mă încântă. Dau buzna în librăria de alături, şi se declară fascinați de simţul meu pentru detalii.

Cu toate acestea există puține detalii în cărțile mele... Dar prin intermediul acestor elemente povestesc totul. Vechea tradiție franceză care spune „tăiş" pentru „spadă" sau „pânză" pentru „corabie". Se cheamă sinecdocă – partea numeşte întregul – şi, dincolo de stil, prelungesc sinecdoca în dramaturgie, în procesul narativ.

Într-adevăr, această contaminare cu sinecdoca este surprinzătoare în lumea anglo-saxonă în care apar cărți voluminoase, în mod sistematic voluminoase, încărcate de descrieri, rezultatul unei munci uriaşe de documentare şi de cercetare, aceste cărți în care informația se revarsă pe sute de pagini.

Consider că arta scriitorului, asemenea artei desenatorului, constă în a face alegeri: să creeze un cadru just, să determine momentul cel mai semnificativ, să spună multe în cuvinte puține.

*

Tot în America... Sunt fericit să descopăr cărți şi autori pe care nu-i ştiam; petrec împreună cu ei serile la un pahar de vin ca să punem țara la cale şi să regândim literatura ca şi când am avea douăzeci de ani...

Politețea lor modestă și respectul lor pentru ceilalți mă emoționează, mă inspiră.

În această după-amiază, într-o sală arhiplină, citesc, unul după celălalt, mai mulți scriitori. Textele sunt bune, dar, mi se par o hrană insuficientă, care te hrănește, dar nu te satură.

Hotărât lucru, redus la câteva pagini, nici un fragment din aceste romane nu își era suficient, deoarece trimetea la ansamblul cărții.

Ceea ce este minunat la americani este că au *fair play*. Colegii mei autori, departe de a fi geloși pe succesul meu, m-au felicitat călduros.

În privința aceasta, se pare că mai am de învățat...

*

La Toronto discut cu un critic literar. În jurul nostru sunt grămezi de cărți de tot felul, romane comerciale cu o promovare deșănțată, opere literare, romane scrise de vedete din lumea sportului sau a audiovizualului care nu sunt celebre fiindcă au scris, ci scriu fiindcă sunt celebre etc. Simt un soi de greață pe care i-o destăinui.

— Cum faceți ca să triați și să evaluați aceste cărți?

— Număr morții.

— Poftim?

— Număr morții. Mai mult de doi morți, este o carte comercială. Unul sau doi morți, nu este o carte comercială. Nici un mort, este o carte pentru copii.

*

„Întoarcerea".

Scriu departe de casă, asemenea marinarului din povestirea mea. Mergând dintr-o cameră de hotel în alta, sunt chinuit de dorul alor mei. Nerăbdător să mă alătur lor, scriu acest text pentru ei, pentru ca, eventual, la întoarcere să descopere cât de mult îi iubesc, şi, mai ales, cât de mult mi-ar plăcea să-i iubesc mai mult.

Munca absoarbe orele, timpul este măsurat prin fraze care nu au niciodată aceeaşi lungime.

Dacă aş putea să-mi lucrez viaţa ca pe o nuvelă, aş deveni poate mai bun…

*

Totdeauna m-am îndoit că Vancouver există cu adevărat.

Situat în vestul vestului, la celălalt capăt al oceanului, acest oraş era un loc speculativ, abstract, asemenea infinitului în matematică. Vancouver mi se părea un orizont care, asemenea oricărui orizont, se îndepărta pe măsură ce te îndreptai spre el, Occidentul suprem, Extremul Occident.

Extremul Occident fiindcă visul şi determinarea i-a împins pe oameni să se aventureze până acolo. Îmi închipuiam cu greu că există străzi adevărate, oameni adevăraţi, magazine, teatre, ziare.

Mă aflu în peninsula Grandville, cartier al culturii alternative în faţa clădirilor de sticlă pe deasupra cărora trec, foarte grăbiţi, norii.

Îndrăgesc imediat acest loc. Şi îi îndrăgesc şi pe cititorii cu chipuri atât de variate, care sunt ei înşişi cărţi, deoarece cu toţii încarnează un roman, o poveste, povestea venirii lor aici, povestea înfăţişării lor – indiană, asiatică, scandinavă, germană, engleză –, povestea vieţii lor reconstruite.

Vancouver îmi place atât de mult, încât se invită în nuvela mea. Va fi patria „Întoarcerii".

*

Revenit în Europa, şlefuiesc cele două texte.

Deunăzi, văzând pe cineva strâmbându-se când a venit vorba de nuvele, ca şi cum aceste povestiri scurte dovedesc lenea autorului sau oboseala lui, m-am întrebat de ce e atât de desconsiderată în Franţa această formă, în ciuda lui Maupassant, a lui Daudet, a lui Flaubert, a lui Colette sau a lui Marcel Aymé.

Să preferi romanul nuvelei nu înseamnă să faci dovada unei atitudini mic-burgheze? Atitudinea care îi determină pe domnul şi pe doamna Cutărescu să cumpere nu un desen, ci o pictură în ulei pentru salonul lor? „Un desen este mai mic, nu se vede de departe, şi nici nu ştii dacă este isprăvit."

Mă întreb dacă nu se exprimă astfel prostul gust opulent. Se caută o scriitură onctuoasă, capitole cu descrieri, care au grosimea trăncănelii; se cer informaţii istorice dacă evenimentele romaneşti se petrec în trecut sau dosare de investigaţii jurnalistice dacă se petrec în prezent. Pe scurt, sunt apreciate munca, sudoarea, competenţa afirmată, efortul eficace; dorim să arătăm textul prietenilor pentru a le dovedi că artistul sau negustorul nu au dormit.

„În faţa unui roman de 800 de pagini eşti sigur că autorul a muncit!" exclamă domnul Cutărescu.

Poate că nu tocmai...

A reduce o povestire la esenţial, a evita întâmplările inutile, a contrage o descriere într-o sugestie, a degresa scriitura, a exclude orice complezenţă din partea autorului asta presupune timp, ore de analiză şi de critică.

De fapt, dacă domnul şi doamna Cutărescu consideră că romanul „are mai multă artă decât nuvela", o fac poate pentru că este artă pompieristică.

*

Reluând paragraful precedent îmi dau seama că am căzut în capcana polemicii: gândirea binară.

Gândesc aidoma celor cărora le reproşez că gândesc rău: opun, împart la doi, îl valorizez pe unul împotriva celuilalt. Ce prostie! A gândi înseamnă să accepţi complexitatea; or, polemica nu gândeşte, reduce complexul la doi.

Rezumând, îmi place romanul la fel de mult cât îmi place nuvela, dar din motive diferite.

*

Primesc în Italia un premiu pentru *Visătoarea din Ostende*, cea de a doua carte a mea de nuvele. Aici, criticii – mi se pare – au înțeles perfect ce încerc să fac, deoarece ei știu pe dinafară *Lecțiile americane* ale lui Italo Calvino, unul dintre modelele mele. Nu-i șochează că un intelectual caută lejeritatea, simplitatea; dimpotrivă, apreciază acest lucru fiindcă știu cât este de dificil. Ei, subtilitate latină, nu confundă simplitatea cu simplismul.

Simplism: ignorarea complexității.

Simplitate: dificultăți rezolvate.

*

La Verona aflu o poveste nostimă.

În prima jumătate a secolului XX, un grădinar avea în grijă cimitirul unde se află monumentul funerar al Julietei. Sub ochii lui, turiștii priveau mormântul, îndrăgostiții se îmbrățișau iar nefericiții plângeau. Emoționat de aceste scene la care asista zilnic, grădinarul a dresat păsări care, la comanda lui, se așezau pe umărul celor care sufereau apoi, ciupindu-i cu ciocul, îi sărutau. Acest fenomen a plăcut, a intrigat și, încetul cu încetul, au început să sosească din lumea întreagă scrisori ca să-i ceară Julietei sfaturi referitoare la iubire.

Grădinarul și-a luat obiceiul să le răspundă, într-un stil elegant, semnând cu numele Julieta.

Când a murit, în anii '50, scrisorile continuau să sosească – având la destinatar mențiunea: „Julieta, Verona,

Italia". Unii veronezi au hotărât să continue acest obicei şi au creat Clubul Julietei, alcătuit din şapte femei care redactau scrisori către cei nefericiți sau către femeile singure care îşi spuneau păsurile.

Ieri seară le-am întâlnit pe aceste şapte Juliete de astăzi, intelectuale, absolvente de psihologie, sociologie sau drept, care corespondează cu cei condamnați la moarte în Texas ori cu paznicul unui far din China...

Straniu oraş, Verona, pe care italienii l-au construit şi pe care un englez, Shakespeare, l-a făcut celebru.

*

Ca de obicei, nu mai trăiesc. Scrisul a pus stăpânire pe mine şi a suspendat tot ce nu are legătură cu el. Pus între paranteze, sunt numai un scrib, o mână pusă în slujba unei urgențe: personajele care vor să existe, povestea care doreşte să îşi afle cuvintele.

Am traversat perioada sărbătorilor ca o fantomă. Obsesia îşi dă un răgaz, preț de câteva ore, în decursul cărora discut sincer cu părinții mei, cu sora şi nepoții mei, apoi, de îndată ce părăsesc încăperea, cartea la care lucrez pune din nou stăpânire pe mine.

Uneori îmi spun că scrisul nu îmi iubeşte familia, prietenii. Asemenea unei amante intransigente, mă izolează, mă smulge din timpul petrecut cu ei.

Din acest motiv îi includ pe apropiații mei în procesul scriiturii. Mă gândesc la ei, la faptul că vor citi cartea, încerc să-i surprind, să-i amuz, pariez pe ceea ce va aprecia sau nu fiecare într-o pagină. Îi includ ca lectori potențiali în textul pe care îl scriu.

Dar, de îndată ce sunt în fața lor, deja nu mai sunt acolo. Mă prefac să fiu eu și îmi aduc aminte că sunt ei.

*

Nuvela este un roman epurat, un roman redus la esențial.

Acest gen literar nu iartă trădarea.

Putem folosi romanul ca pe o debara în care sunt de toate, dar într-o nuvelă acest lucru este imposibil. Spațiul acordat descrierii, dialogului, secvenței trebuie măsurat. Aici se vede cea mai măruntă greșeală de construcție. Și se văd și complezențele. Uneori, mă gândesc că nuvela îmi place tocmai pentru că sunt om de teatru.

Știu, datorită lui Cehov, lui Pirandello sau lui Tenessee Williams, că dramaturgilor le place să scrie nuvele. De ce? Nuvelistul are sentimentul că își dirijează cititorii: îi prinde încă de la prima frază și îi conduce până la ultima, fără oprire, fără escală, așa cum este obișnuit să o facă în teatru.

Dramaturgilor le mai place nuvela și fiindcă au impresia că aceasta îngrădește libertatea cititorilor, că îi convertește în spectatori care nu mai pot părăsi acest statut decât dacă abandonează definitiv scaunul de unde vizionează spectacolul. Nuvela îi dă această putere scriitorului, puterea de a gestiona timpul, de a crea o dramă, aşteptări, surprize, de a trage de ițele emoției şi ale inteligenței, apoi, brusc, de a lăsa cortina să cadă.

De fapt, prin scurtimea ei, nuvela este pe acelaşi plan cu muzica sau cu teatrul: o artă a timpului. Durata lecturii – asemenea celei în care se ascultă o bucată muzicală ori se vizionează un spectacol de teatru – este reglementată de autor.

Scurtimea face lectura captivantă.

*

Sunt sensibil la un lucru despre care se vorbeşte puțin: mărimea justă a unei cărți.

În calitate de cititor consider că majoritatea cărților pe care le-am citit nu au mărimea potrivită: una are 300 de pagini în vreme ce subiectul impunea 100 de pagini, alta se limitează la 120 de pagini când subiectul i-ar cere 500. De ce continuă critica literară să evite criteriul acesta? În general se mulțumeşte să sublinieze lungimea unei cărți, dar numai atunci când este prea din cale-afară.

O lacună cu atât mai surprinzătoare, cu cât, în alte arte, se ține cont de adecvarea dintre formă şi fond. În sculptură ne-am mira să vedem că un artist cizelează un ansamblu monumental într-o pietricică sau decupează un piciorul-cocoşului într-un granit de şase metri înălțime; în pictură observăm raportul dintre ramă, dimensiunea ei şi subiectul tabloului; în muzică un material muzical este considerat insuficient pentru durata unei lucrări.

Am convingerea că fiecare povestire are o densitate proprie care impune un format de scriitură adaptat ei. Multe romane nu sunt decât nişte muieţi-s posmagii, altfel spus, mai multă umplutură decât elemente pure. Deseori textul se lungeşte, descrierile exhaustive se transformă în procese verbale, dialogurile mimează viaţa şi distrug stilul, teoriile se reciclează în mod arbitrar, peripeţiile se multiplică asemenea celulelor canceroase.

Când o editură newyorkeză a publicat *Domnul Ibrahim şi florile din Coran* în Statele Unite, unul dintre editori m-a întrebat dacă nu aş putea să reîncep povestirea de optzeci de pagini ca să o fac de 350, dezvoltând destinul doamnei Ibrahim, al părinţilor lui Momo, al bunicilor, al colegilor de şcoală...

*

„Concert în memoria unui înger".

O scriu ascultând muzica lui Alban Berg, care mă vrăjeşte şi trezeşte în mine senzaţii noi, gânduri noi.

Nu observasem niciodată cât de liberi ne face vârsta. La douăzeci de ani suntem produsul educaţiei noastre, la patruzeci de ani suntem, în sfârşit, rezultatul alegerilor noastre – dacă am făcut alegeri în viaţa noastră.

Tânărul devine adultul care s-a visat în copilărie. În timp ce bărbatul adult este copilul tânărului.

*

Ne putem schimba? Şi, mai ales, ne schimbăm cu bună-ştiinţă?

Sunt în miezul acestei povestiri, confruntat cu problema libertăţii...

Pentru adepţii determinismului este clar că omul nu se schimbă fiindcă nu are nici o autonomie, nici un liber-arbitru. Voinţa, această iluzie, nu este decât numele dat ultimei condiţionări percepute. Un individ devine diferit în urma efectului conferit de noile forţe coercitive – dresaj social – sau de un traumatism. Cu excepţia uzurii interioare a maşinii, lucrurile acestea vin din exterior...

Pentru cei care cred în libertate, chestiunea devine complexă. Este voinţa suficient de puternică pentru a transforma temperamentul?

Da, pentru unii, pentru ambiţioşii pe care îi numesc partizanii sfinţeniei. Evrei, budişti sau creştini, chiar atei ca Sartre, care în *Diavolul şi bunul Dumnezeu* prezintă un erou – Goetz – trecând radical de la rău la bine, ei sunt convinşi că ne putem metamorfoza complet.

Nu, pentru alţii, ca mine, prudenţi, pe care îi numesc reparatori. Omul nu se schimbă: se corectează. Îşi foloseşte altfel temperamentul, îl modifică punându-l în serviciul altor valori. Chris, eroul din „Concert în memoria unui înger", a fost crescut în cultul competiţiei, cu idealul excelenţei, influenţat de o mamă nefericită şi frustrată. După ce comite un cvasi-asasinat, şocat de ceea ce a înfăptuit, îşi păstrează temperamentul – energic, combativ, dornic de reușită –, însă îl pune în serviciul binelui. Rămâne același, deși se luminează diferit – a înlocuit becul individualist cu becul altruist.

*

Puterea voinței.

Fără ea, am ceda cu toții pulsiunilor violente. Cine, cuprins pe neașteptate de furie, de teamă, de mânie, nu a dorit preț de o clipă să-l lovească și chiar să-l ucidă pe celălalt?

Adeseori mă gândesc la faptul că toți suntem niște asasini. Majoritatea umanității, cea care se controlează, este compusă din asasini imaginari; minoritatea – din asasini reali.

*

Marguerite Yourcenar spunea că nu ne schimbăm, ci devenim mai profunzi. Iar André Gide îl îndemna pe fiecare să-și urmeze panta lui, cu condiția s-o facă urcând.

Atunci când voința se îmbină cu inteligența, omul devine un animal frecventabil.

*

Bruno și Yann descoperă „Concert în memoria unui înger". Mă caută și, emoționați, îmi spun că am scris o poveste de dragoste minunată.

Sunt mirat. Nu-mi dădusem seama.

*

„O iubire la Élysée".

Punând pe hârtie această poveste a unei iubiri desincronizate, mă simt aproape ca la teatru. Henri şi Catherine sunt, dintru început, personaje puternice, spectaculoase. Virtuozi ai aparenţelor, purtători a numeroase măşti, au bogăţia oamenilor care se controlează, suferinţa celor care tac.

În acelaşi timp, localizarea subiectului întinde capcane: Élysée trebuie să rămână fundalul, puterea unui decor justificând faptul că fiinţele care îl locuiesc se tem de părerile celorlalţi.

Am fost nevoit să scriu începutul de mai multe ori ca să găsesc unghiul just, cel foarte simplu, care ne determină să simpatizăm o femeie singură care se simte părăsită.

*

Această nuvelă, „O iubire la Élysée", este ultima din volum pentru că oferă chei noi pentru conţinutul lui: ca şi Henri şi Catherine, oamenii se rătăcesc pe culoarele timpului, aproape niciodată nu trăiesc simultan acelaşi sentiment, ci suferă decalaje dureroase.

Astfel, criminala şi preotul se ratează.

Astfel, Greg, marinarul, uită să fie tată când fetele lui sunt încă nişte copile.

Astfel, Chris şi Axel sunt prea diferiţi ca să se poată aprecia; iar când se schimbă, o fac tot simetric, iar distanţa rămâne neschimbată…

Chiar dacă într-o bună zi explicațiile ne permit să înțelegem ce am ratat, ele nu repară acest lucru.

Mântuirea, care permite conștientizarea, intervine prea târziu. Răul a fost făcut... Să te schimbi nu șterge cu nimic faptele deja comise. Fetele lui Greg, mecanicul de pe vapor, vor suferi mereu pentru că nu au fost iubite și că li s-a dat prea puțină atenție...

Aș fi putut să numesc volumul acesta *Decalajele iubirii*.

*

Rita, sfânta cauzelor disperate, sfânta imposibilului, se ivește în aceste povestiri ca un diamant cu multe fețe. Strălucirea sa este fie ironică, fie cinică, fie purtătoare de speranță. Recurența ei are ambiguitatea binelui: ceea ce este bine pentru unul provoacă răul celuilalt.

Sfânta Rita este un obiect care nu povestește nimic, dar prin intermediul căruia se poate povesti.

Acest laitmotiv nu este o explicație pe care o dau eu, scriitorul, ci mai degrabă un bobârnac, un ghiont, un nod misterios care trebuie să-l determine pe cititor să reflecteze.

Chiar în această dimineață am primit scrisori ale unor liceeni germani care au studiat *Domnul Ibrahim și florile din Coran*. Printre complimente, unul dintre ei se plângea totuși: „De ce nu ați explicat motivul pentru care domnul Ibrahim repetă: «Știu ce e la mine în Coran»?“

I-am răspuns printr-o frază:

„Fiindcă voiam să găseşti singur…“

*

O carte începe să trăiască atunci când scriitorul ei a terminat-o.

Începând din această seară, nu mai sunt autor. De acum înainte, autorii ei vor fi cititorii…

Voltaire spunea că cele mai bune cărți sunt scrise pe jumătate de imaginația cititorului.

Subscriu acestui gând al său, dar, în sinea mea, simt mereu dorința să adaug: numai dacă cititorul este talentat…

*

Precizare: nu sunt deloc stingherit dacă cititorul are mai mult talent decât mine. Dimpotrivă…